桜木紫乃

星々たち

実業之日本社

実業之日本社文庫

星々たち　目次

星々たち

ひとりワルツ

有線放送のリクエストはいつもと同じ伊藤咲子《いとうさきこ》の「乙女のワルツ」だった。

咲子は黒電話のダイヤルを回しながらヤマさんに向かって微笑《ほほえ》む。ヤマさんの名字はアキヤマだが、スナック『るる』ではママも咲子も「ヤマさん」と呼んでいる。五月の連休のあたりにふらりと現れてから、かれこれ三か月。ヤマさんは三日に一度は『るる』にやってくる。

「咲ちゃん、ワルツを教えてあげるよ」

社交ダンスが特技だというヤマさんは、姿勢もいいし物腰も柔《やわ》らかい。四十を少し過ぎたあたりの色白で整った目鼻立ちは、五十を過ぎた『るる』のママにも「色っぽい」と言われるくらいだ。

すっきりとした切れ長の目は、どんぐり眼《まなこ》の咲子とは比べものにならないほど艶《つや》があり、まめに散髪されている髪にいつもいいにおいの整髪料をつけていた。ヤマさんがステップを踏むと、白い額にいく筋か垂れた前髪が揺れた。

ヤマさんの前髪が揺れるたび咲子は、そこから男の色気が滴《しずく》になってこぼれ落ちる気がする。

彼がやってきそうな予感がする夜は、化粧も念入りになった。毎日酔客とのチークダンスで、尻や胸を触られる日々だ。げんこつひとつぶん体の隙間《すきま》をあけてワルツを教えてくれるヤマさんは、いつも紳士だった。

好きといえばいいのに――。

そんな出だしで始まる歌が、天井のスピーカーから流れてくる。ヤマさんが優しく咲子の手を握る。

「はい、右、左、そうそう。覚えがいいね」

「ヤマさんのリードのおかげです」

声のトーンがあがる。けれど、一番のサビがくるたびにステップを間違う。顎《あご》が軽くヤマさんの胸に触れる。店のフロアでなければ、そのまま腕の中にすっぽりと納まってしまいたい。

「次は左、よし。咲ちゃん何回目だったかな。上手《うま》くなったね」

「何回教えてもらっても同じところで間違っちゃって、恥ずかしい」

「社交ダンスとゴルフは、ちょっと覚えるとすぐ人に教えたくなっちゃうものなんだ。偉そうなことしたいだけなのさ」ヤマさんはいつだって優しい。

ヤマさんは大きなホールで踊ったこともあるという。競技会にも出場したと言っていた。パートナーはどんな女の人だろう。咲子よりずっと背筋が伸びていて、上品で、社交ダンスを習えるくらいだからきっとお金持ちだ。

カウンターが五席とボックスがふたつしかないスナック『るる』の、通路のようなスペースでも、ヤマさんは華麗にステップを踏む。ただ、いくら上手いリードでも、咲子の気持ちが足もとよりも歌詞へ傾くときがある。

どうぞ　愛があなたに　とどくようにと――。

思いはほとんど届いていない。いくら同じところでステップを間違っても、彼が咲子の気持ちに気づく気配はない。肩胛骨《けんこうこつ》の下に添えられた手からヤマさんの体温が伝わって、咲子の体温も上がる。

いいか、それでも。

ラストの歌詞が流れて背中にあったヤマさんの手が咲子の背をぽんぽんと優しく叩《たた》くと、三分間の切ない恋もひと休みだ。こっちは咲かない咲子だし、と自分に言い聞かせる。

咲子は十九で夜の世界に入った。本当は三十一だけれど、二十五歳ということにしてある。『るる』のママは、本当は五十過ぎでもお店では四十から年を取っていない。だからお客さんによって干支《えと》が変わる。混乱するママをおもしろがって、常連さんが干支の話を始めるのはいつものことだ。

水商売の振り出しはススキノで、次が旭川《あさひかわ》の三六街。そこで夕張《ゆうばり》の炭鉱を辞めて道東の太平洋炭鉱に移るという男に惚《ほ》れて、釧路《くしろ》まで流れてきた。その街ごとに、自分を捨てた男や咲子のほうから逃げた男がいる。

炭鉱の男とは道東にやってきて一年ほどで別れた。事故で左手の指が三本吹き飛んでしまったことが始まりだった。労災保険で食べていけることがわかってからの生活は、咲子にとってもみじめなものだった。男が事故と同時に失ったものは、指だけではなかった。暇を持て余した男がすることといったら、酒かギャンブルかセックスのうちのどれか。どれも叶《かな》わなくなれば手を上げる。いずれにせよ、楽しい会話などひとつもなくなる。

「ねぇ、なにかアルバイトでもしたほうがいいんじゃないの」と咲子が問えば、

「新しい指が生えてきたら考えるよ」と男は応えた。

もうこりごり。そう思っていたはずなのにまた新しい恋を見つけている。こうなるともう、前のことはどうでもよくなってしまう。ほどよく記憶が薄れる。咲子にとって、新しい恋はいつだって初恋だ。

仕事のない日曜の夕方は道央の実家に電話をかける。わずかばかりの送金と日曜の電話ボックスで、実母に預けた中学一年の娘と繋《つな》がっていた。電話代は千円と決めているが、いつも予算の半分を過ぎるころには話題が途切れた。

生まれて初めてつきあった男とのあいだにできた子だった。男とは結婚するつもりでいた。子供ができれば結婚するものだと思っていた。相手にまさか妻があるとは思わなかった。妻があっても、好きだった。

「千春《ちはる》、元気なの？　ちゃんと食べてる？　風邪、ひいてない？」

「うん、元気。おかあさんは」

「あたしはいつもと同じ。ばあちゃんは、どうなの。リューマチ、痛いって言ってない？」

「うん、だいじょうぶ」

電話ボックスの中から見る夕焼けが薄気味わるいほど赤かった。夕焼けが赤いのは大気中の塵《ちり》が多いせいだと聞いた。いったいどれだけの塵が太陽と自分を遮《さえぎ》っているのか。今はもう、そんなことを教えてくれた男の顔も思いだせない。赤い太陽が海へ向かっているのを眺めていると、咲子の過去も空を染める塵のひと粒に思えてくる。

「学校は、ちゃんと行ってるの？」

「今、夏休みだよ」

訊《き》かれたことにしか答えない娘だったが、夏休みという言葉には妙に力が入っていた。いつまでかと問うと、八月二十日までだという。

「お盆明けまで休みなんて、うらやましいね」

背中に、ヤマさんの手の感触が蘇《よみがえ》った。知らぬうちに、つま先がちいさくワルツのステップをなぞる。娘と話しながら、気持ちはどこかわからぬ場所を漂っていた。咲子は太陽と自分のあいだにある塵の色に、わずかな夢をみる。

夜の世界に入ったころは生活が落ち着いたら娘を呼び寄せるつもりでいた。叶わないまま十年以上過ぎてしまったのも、男運の悪さと割り切ってきた。運の悪さに滑り込むようにまた、ヤマさんの顔が浮かぶ。

夢じゃないのか、そんなことは。自問しながらまだ夢をみている。夢ばかりみている。

「ねぇ千春、夏休みならこっちに遊びにおいでよ。汽車賃送るからさ」

「行っていいの？　お金ならお年玉貯《た》めたのがあるから、それで行く」

なにを質問しても平坦《へいたん》だった娘の声が、はっきりとわかるほど明るく変化した。

「やだ、そんなに喜ばれたらこっちが恥ずかしいじゃない」

娘への電話は母親としての言いわけに近い。電話の数ほど、自分に母親らしい情があるとも思えなかった。情ならば、もう涸《か》れるほど海に流しつくした気もする。しつこく赤い太陽が、電話ボックスの内側まで赤く染めた。

正月も帰らない年が二年続いていたことと、一緒に暮らしている男がいないこと、そして夏休み。母親らしいことがひとつもできていないことへの、ひとまずの帳尻合わせでもある。無邪気に喜ぶ娘も不憫《ふびん》だが、こんなことで母親気分になれる自分も安い女だ。金曜日の始発に乗るという千春の弾んだ声に、「待ってるから」と言って受話器を置いた。

「ねぇ、いつから会ってなかったっけ」

「五年生のときかな」

「今、中学一年なんだよね」

長い髪をきっちりと三つ編みにした幼い顔立ちしか記憶になかった。前回会ったときよりずっと幼いころの娘を待っていた自分がおかしかった。現れたのは、千春には違いないが咲子の想像よりずっと成長している。

千春の背丈は百五十センチの咲子を軽く超えていた。顔立ちも体つきも確実に女に近くなっている。父親似の細い目も、独特な女らしさに変化した。咲子はまさか十三の娘に見下ろされるとは思ってもいなかった。

こんなに大きくなっても、列車の中で母親に会うのを楽しみにしている娘を想像する。バランスの悪い想像が胃のあたりに落ちてくる。

すっかり大人びた千春の、駅でこちらに駆け寄ってきたときの胸に驚いていた。Tシャツの上にくっきりと乳首が浮き上がっている。歩くと上下に揺れて、ひどく挑発的だ。本人にそんな意識がないぶん余計たちが悪い。こんな姿で列車に乗っていたら、周囲は目のやり場に困るだろう。それが娘を預けっぱなしの母親の想像として正しいかどうかは別問題だ。こんな大きな胸にブラジャーのひとつもさせないでいる実家の母を思い浮かべ、ため息をついた。

咲子は駅前にある百貨店を指差し、娘に言った。

「ねぇ、ブラジャー買おうよ。そんな大きなおっぱいに直接Tシャツ着てたら、周りの人に気の毒だよ」

千春は自分の胸を見下ろし「うん」とうなずいた。

「ばあちゃんは、なにも言わないの」

「さらし巻いておけって。でも、暑いから」

大正生まれの母に孫のブラジャーまで要求するのは欲張りなのだろう。夫を早くに亡くしてから、ずっと農家の日雇い作業やビルの掃除婦をしながら咲子を育ててきた。娘が家を出て、今度は文句も言わずに孫の面倒をみている。「さらし、ったってねぇ」とつぶやいたきり、次の言葉が浮かばなかった。

「おサイズを計りますね」

下着売り場の店員が千春の胸にメジャーをあてる。もう、昨日今日膨《ふく》らみ始めたというような可愛《かわい》げのある胸ではなくなっている。

「お嬢様は、初めてのブラジャーでございますよね」

「そうです」

「あらあら、それは大変」

なにが大変なのか、問うのも面倒だ。まだ十三だから、少しでも可愛いものを選んでくれと言った。採寸が終わったあと、店員は店頭に並んでいるフリルのついたものではなく、ショーケースに入っていた『特別サイズ』の一枚を取りだした。咲子でさえ買わないような、色気も素っ気もない肌色のブラジャーだ。

「ちょっと、最初からこんなのじゃあ可哀相《かわいそう》。まだ十三なのに」

「申しわけございませんが、当店にございますものは、このシリーズだけなんです」

「もっと可愛いやつはないの。こんなおばさんくさい地味なブラジャー、わたしだって着けたくない」

店員が申しわけなさそうに「おサイズが」と繰り返す。まさか千春の胸がこんなことになっているとは思わなかった。成長する自分の体に恥ずかしさのない娘の環境を憐《あわ》れんだり、実家の母に心で悪態をついたり。けれど咲子はなにより、二年ものあいだ娘に会わずに過ごしてきた自分を責めた。今まで男に向けてきた感情が、娘に向いたひとときだった。

アパートまでの帰り道、レストラン『泉屋』で少し早めの夕食を摂《と》った。

「ここ、ナポリタンがおいしいんだよ。ミートソースも好き」

「じゃあ、ナポリタン」

運ばれてきた皿を前に、母と娘の時間が訪れた。千春は咲子の真似《まね》をして、フォークに麺《めん》を巻きつけている。咲子は娘の、決して器用とはいえないフォーク使いを、愛《いと》おしく思い始めている。胸も大きくなって、背丈も母を追い越し、これからどんな恋をしてゆくんだろう。もう、好きなひとはいるんだろうか。

『泉屋』は炭鉱勤めの男がまだ指を失う前に、ふたりでよくきた店だった。真面目《まじめ》に働いているうちは羽振りも良かった。どんな男にも、その体から優しさが溢《あふ》れてくるひとときがある。優しさしか味わえない時間がある。思えば、そのひとときがおいしすぎたのだ。最初に食べてしまったものだから、気づくと苦手なものばかりが皿に残っている。

食べ始めの味まで想像できるようになると、手を伸ばすのも面倒になる。どんなに好きな料理だって飽きることがわかってくる。恋も賞味期限付きだし、そうそう長く続けられるものじゃない。期間限定。自分が立派なすれっからしだということくらい、わかってる。

再びヤマさんのことが胸をかすめていった。すれっからしにもまだ、砂粒ほどの恋心が残っていた。性懲《しょうこ》りもなく男の優しさを食べたくなっている。

「おかあさん、どうかしたの」

「ごめん。ちょっと考えごとしてた」

咲子は慌ててブラジャーのし心地を訊《たず》ねた。千春は困ったような、恥ずかしげな顔になる。まだ子供のはにかみを残しているくせに、母親より大きな胸を持っている娘がおかしかった。

「でもさ、そんなおばさんくさいブラジャーだと、けっこう恥ずかしいんじゃないかと思うの」

「そんなことないよ。これで先生に触られなくなるかもしれない」

千春の言葉がわずかに重くなった。娘にうち明けられた事実に、咲子はフォークの手を止めた。

「ちょっと、待ちなさいよ。それってどういうこと。なんで先生があんたの胸を触るのよ。誰なの、そいつ」

「体育の先生。ブラジャーくらいしろって、ずっと怒られてた」

「それで、触るわけ」

「ランニングのとき、みんなに迷惑かけてるからって。これは体罰じゃないって」

咲子は湧《わ》いてくる怒りを必死で鎮《しず》める。体罰じゃない。違う。なにも知らない子供に対する性的な悪戯《いたずら》だ。怒りを言葉にしようと口を開きかけたところで、はたと思いとどまった。千春が受けた屈辱は、二年も娘の成長に関心を持たなかった自分への戒《いまし》めではないのか。

「ほかには、なにもされてないんだよね。胸、触られただけなんだよね」

「うん」

咲子の視線はテーブルの、コップに入った水の底へと落ちた。自分は偉そうなことを言えるような場所にはいない。娘が体育の教師に「迷惑」という理由で胸を触られているあいだ、ずっと男に入れあげて、捨てたり捨てられたりしながら流れ続けていた。

打ち明けた千春のほうが済まなそうな顔をしていた。黙り込む時間を避けてフォークを動かし、上目遣いで「おいしい」を連発している。

「千春、ごめん」

「おかあさんのせいじゃないよ」

夏の太陽が建物の陰に隠れる。ひとつふたつ、気の早い街の明かりが灯《とも》り始めた。

「ねぇ、日曜日は一緒に動物園に行こうか。駅前からバスが出てるの」

千春は素直に喜んだ。母親の、償《つぐな》えるわけもない罪ほろぼしだとは気づいていない笑顔だ。

アパートに千春を置いて、咲子は『るる』に出勤する。休もうかとも考えたが、金曜日はヤマさんがやってくることが多かった。もしも九時過ぎまで待ってもこなかったら、頭が痛いとでも言って早引けしようか。千春が来ているんだし。そう思ったところでもう、自分の心の所在もゆらゆらと輪郭がわからなくなった。

午後八時に『るる』に現れたヤマさんは、ひどく機嫌がよかった。咲子の体温と心もちがサンダルのヒールぶん持ち上がる。

「咲ちゃん、いつもの曲たのむよ」

ヤマさんは白っぽいスーツを着ていた。上質の麻だ。咲子は血色の悪い顔が少しでも明るく見えるようにと、オレンジ色のワンピースにした。昼間はジーンズとTシャツという、娘とそう違わない服を着ている。夕暮れ、化粧をしてワンピースに着替えた咲子を見て、千春が驚いていた。

生地は安っぽくていまひとつだけれど、薄手の化繊はワルツを踊るときヤマさんの体温をすぐに背中に伝えてくれる。有線放送に電話をかけて、五分ほどで「乙女のワルツ」が流れだした。

ほかには客がいなかった。カウンターの中にママがいるだけだ。ヤマさんはキープしてあったリザーブの水割りを立て続けに二杯飲んだ。今日はピッチがはやい。ママは咲子が水割りを作る手元を見て、そっと「薄めにしておきなさい」のサインを送る。

店内にいつものイントロが流れだす。

つらいだけの初恋　乙女のワルツ――。

ヤマさんのステップに合わせて、今夜も踊る。幸福なひとときだった。

ちょっと気障《きざ》な四十男など何人も見てきた。いやというほど見てきたはずなのに、ヤマさんだけは違って見えた。

いつものサビで咲子がステップを間違うと、ヤマさんの磨き込まれた革靴が咲子のつま先に触れた。げんこつひとつぶんだった胸と胸の隙間がすれすれまで近づく。ヤマさんはそのまま咲子の体を引き寄せた。軽い酔いがそうさせるのか、ほかに客がいないことで大胆になっているのか。咲子は思わず自分の右手のひらに添えられた彼の親指を握った。ヤマさんの肩越しに、カウンターのママを見る。冷蔵庫からマリネが入ったタッパーウェアを取りだして、ハムとタマネギを足している。

ヤマさんの胸に体をあずけた。耳のあたりから、かいだことのない好《い》いにおいがする。ほのかな温かみと夏の木々と、かすかな潮のにおい。腰に力が入らない。

「ヤマさん」

言いかけた咲子の唇を、ヤマさんの唇が通りすぎる。気づいたときはもう、次のステップに入っていた。

「咲ちゃん、次の日曜はあいてるの」

曲が終わって、教えてもらったとおり一礼するとヤマさんが言った。一度うなずいてしまってから、千春との約束を思いだし首を振る。

「あけてよ」

油断すると唇の端が持ち上がってしまう。

「ママから、つきあってる男はいないって聞いてたんだけどなぁ」

「それは本当。そんなひといない」

「じゃあ、なんで」

「妹が遊びにきてるの。日曜日は動物園に行こうって約束しちゃってて」

滑りでた嘘《うそ》が、男の失望を買うのはわかっている。その失望がどんな感情に化けるかは、賭《か》けだ。ヤマさんの反応は咲子の予測を軽々と飛び越える。

「あぁ、それなら僕の車で一緒に行こう」

おかしなことになった。千春を見てヤマさんはどんな顔をするだろう。自称二十五歳の女の妹が十三歳なんて、誰が信用するもんか。せめてもう二歳サバを読んでおくんだった。十歳年下というのなら違和感もさほどではないかもしれない。しかしそうなると実際の年齢が知れたときに面倒になる。千春を十六歳ということにしたところで、話せばすぐにばれてしまう。咲子はうなずきたいのをこらえ、男の目を見上げた。

「そんなに疑《うたぐ》り深い目で見ないでよ。たまには昼間、おいしいものでもご馳走《ちそう》したいって思っただけなんだから」

いつもは優しく弓を描いている眉《まゆ》が悲しげに寄っている。眉尻に男の戸惑いがある。咲子はそれまでの逡巡《しゅんじゅん》を手放して、精いっぱいの笑顔を作った。

「本当に妹も一緒でいいんですか」

「もちろんだよ」咲子の腰をそっと促し、男がスツールに腰を下ろした。

咲子はカウンターの内側に入り、水割りに氷とウイスキーを足す。その後三十分もしないうちに、常連客が三人やってきた。狭い店内に煙草の煙が充満するころ、ヤマさんは会計をする咲子の手にちいさなメモを握らせた。

『日曜　午前十一時　オリエンタルホテル　ロビー』

最後の客を見送ったのは午後十一時四十分だった。長っ尻《ちり》の客がいない日は幸運だ。

店の片付けを終えてバッグを持った咲子に、ママが言った。

「咲ちゃん、ヤマさんはやめておきなさいよ」

「そういうんじゃないってば」

ママは「わかるのよ」とため息をひとつついた。

「ああいう優男は本当に駄目。咲ちゃんが手に負えるようなひとじゃない。あんた、何度失敗したらわかるの。そろそろしっかり男の線引きができてもいいころだろうに」

『るる』に勤め始めて三年のあいだ、ずっと咲子を見てきたママが言うのだから、ちゃんとした根拠があるんだろう。けれど、今はちょっとだけ見守ってくれないだろうかとも思う。今、ヤマさんに焦がれているのは本当だ。でももう少し夢をみてはいけないだろうか。いずれ覚めてしまうとしても。

せめて一度も間違えずにワルツを踊れるようになるまでは――。

咲子は曖昧《あいまい》に笑って『るる』を出た。くすんだ夜空に光る星より、川面《かわも》に映るライトのほうがずっときれいだ。手を伸ばせば届きそうなのがいい。その気になれば、すぐにすくい上げられそうな光だ。

「咲かない咲子にだって、見えない明日が欲しいじゃないの。なにもかもわかってたら、つまんない」ヤマさんとどうにかなろうなんて、期待してない。

つぶやいたそばから自己嫌悪だ。ひとりごとが川面の光を揺らしている。光にほだされ、咲子の心も揺れた。


日曜日の動物園は、夏休み期間ということもあり芋洗いに似た混みようだった。いったいどこからこんなに湧いてきたのかと思うほど、人にぶつかる。

オリエンタルホテルでランチをご馳走になるあいだに、千春の警戒心も解《ほぐ》れたようだった。ヤマさんは、ひとまわりも年の違う姉妹に心配したほど違和感を持っていない風だ。ついた嘘のせいで、咲子の言葉も滑りがいい。

三十分並んで、ようやくジェットコースターに乗った。一周しても一分足らずのコースに、千春は悲鳴をあげている。正直、昔の男が乗り回していたバイクのほうがずっと怖かった。こんなもののどこが怖いんだと思いながらもヤマさんの手前、咲子も一緒になって叫んだ。

猿山の前から動こうとしない千春を見て、ヤマさんは初めて咲子に問うた。

「千春ちゃん、中学一年だっけ」

「うん。だけど、年の割にちょっとボーッとしてるでしょ」

「いや、あの目は始終いろいろ考えてるよ。いろいろ考えて、大人を観察してる」

お店で見るときとは違う眼差《まなざ》しだった。咲子はヤマさんの興味が千春に傾くのがいやで、人に押されて仕方なくを装いながら彼に寄り添う。思いは拒絶されることなく、ヤマさんの手が人波から咲子を守るように腰に添えられた。

上空に薄い雲がかかっていた。灰色の混じった青空の下にいても、ヤマさんの男ぶりは変わらない。ときどき自分たちを振り返る男女がいるのも気持ちよかった。

ねぇ、と耳元に口を寄せてヤマさんが言った。

「夜は予定あるの」

猿山ではボス猿が、リンゴを片手に自分の居場所に腰を下ろしていた。咲子は首を横に振る。ヤマさんの熱が体に流れ込んで、へそのあたりをちりちりと焦がした。

その夜「ちょっと用事足し」と言って千春をアパートに残して外に出た。潮のにおいを増した夜風に吹かれながら、繁華街へ向かう橋を渡る。銭湯で念入りに洗った体からも髪からも、いい香りがする。足の裏が地面についていない。

咲子は再び、オリエンタルホテルのロビーにやってきた。ロビーは昼とはまた違う顔で咲子を迎える。ヤマさんに言われたとおりフロントに名前を告げた。

「アキヤマ様は、すぐにロビーに降りてこられるとのことでございます」

黒いタキシード姿のフロントマンだった。目ではなくこちらの額のあたりに視線を合わせている。咲子は短く礼を言って、エレベーターを降りてもすぐには見えない隅のほうに座った。扉が開いて、自分を探すヤマさんを見たかった。

白地に濃い藍色《あいいろ》の小花を散らせたノースリーブのワンピースを着てきた。夜に映《は》えるけれど、お店では着たことがなかった。男とのこっぴどい別れのあと、心機一転を誓って買った一着だ。思い入れがあるぶん自分の鎧《よろい》がはずれてしまいそうで、ユニフォームとしては着られない。着れば素になる。こんな夜のための一着だった。

咲子の思惑は心地よくはずれた。ヤマさんはエレベーターの扉が開いたあと、すぐにロビーの隅に視線を走らせた。麻のスーツがよく似合う。ママが言うように、しぐさも筋金入りだ。

「咲ちゃんならきっと、このあたりに座ってるだろうなと思った。お腹《なか》すいてないかな。階上《うえ》でなにか一杯飲もうか。それともルームサービスにするかい」

どう返していいのかわからず首を傾《かし》げる。そのくらい返答に困る。靴の先を見た。ヤマさんは咲子の迷いを腰にまわした腕でひと拭《ふ》きする。エレベーターに乗り込み、8のボタンを押した。

部屋はひろびろとしたツインルームで、窓辺には高そうな応接セットがある。咲子がどんなにがんばっても、こんなところに泊まる機会は訪れない。そういうことがひと目でわかる部屋だった。

ヤマさんが脱いだ上着をハンガーに掛けて、クローゼットに入れる。ぱっと見ただけで、スーツが七、八着。棚にはクリーニングから戻ってきたワイシャツが積まれている。彼はこのホテルに長逗留《ながとうりゅう》していた。咲子はヤマさんの職業を知らなかったことに気づいた。もっと先に考えておくべきだった。思ったときには既に男の腕の中にいた。

「シャワー浴びてくる。一緒にくるかい」

シャツを脱いだヤマさんの背中には、見たこともないような美しい姿で手を合わせる「観音様」がいた。薄い絹の衣を、微笑みながらこちらにふわりと投げかけてくるような、そんな絵だ。ヤマさんは振り向いて恥ずかしそうに笑った。

「ごめん。怖いかい」

「ううん」首を横に振った。

その日咲子は、ワルツのステップなど忘れてしまうほど乱れた。今まで過ごしてきた、どんな夜よりも深く繋がっている。それゆえか体が芯《しん》から冷えてゆくような心細さがある。冷える思いを追い払うため、咲子はより強くヤマさんの内側へ突き進んだ。

男の乱れた前髪が額で揺れている。咲子は両手でヤマさんの頬《ほお》を挟む。深く沈み込んだ場所で、男の熱い芯に触れた。

熔《と》ける——。そう思った途端、背中の観音様に薄い衣で包み込まれたまま天高く放られた。

叫びだしたいほど切ない昂《たか》ぶりをむかえ、気が遠くなった。咲子の体は熔けたあと隅々まで焦げた。めらめらと薄い衣ごと燃え尽きてしまった。放られた体を受けとめたあともヤマさんは優しかった。今まで出会った誰よりも優しかった。

優しくされる理由など、見つけたところでなんの役に立つだろう。バスルームに向かおうとした咲子に、ヤマさんが言った。

「そろそろこの街を出ていかなきゃいけなくなった。咲ちゃんに会えてよかった」

どこまでもヤマさんだ。ママの言った言葉が、ずっしりと胸奥で重みを増した。始めない恋を前提にして女を抱く男がいることは知っている。女の咲子にだって、そんな夜はある。けれど、心だけ先に持ってゆくのは反則だ。ヤマさんは恥ずかしそうに微笑みながらそんなことができる、本物の「手に負えない男」だった。

夜更け、咲子はヤマさんの体温を逃さぬよう体を両腕でかき抱きながらアパートまでの道を歩いた。

翌朝午前十時、千春が台所でやかんに水を入れる音で目覚めた。

実家では午前六時に味噌汁《みそしる》を作るという千春も、ここでは咲子に合わせた生活をしている。パンとインスタントコーヒー、目玉焼きとウインナー。千春と一緒にいると、とりあえず食べていることがありがたい。男と別れたあとはいつも体重が落ちるのだが、今回はそんなこともなく済みそうだ。

「ねぇ千春、ブラジャー一枚じゃ不便だから、もう少し洗い替えとか可愛いショーツとか、お洋服も買ってあげる。今日は一緒にショッピングしようよ」

猿山で猿を追いかけていた瞳が、母の心の変化を読み取ろうとするように光った。千春は、夜更けに目を腫《は》らして戻ってきた母親になにも問わなかった。それがひとりで身につけたものならば、と思う。この娘も自分と同じ生きかたをするのかもしれない。

「千春、あんたがいてくれてよかったわ」不憫というよりも仲間を得たような心もちで言った。

その日咲子は駅前通りのデパートやテナント街、レストランへ娘を連れ歩いた。使っているのはもともと財布に入っていた金ではない。昨夜別れ際にヤマさんが封筒ごと握らせた五十万円だ。千春のブラジャーを何枚買い込んでも、気に入った洋服やブランド物のジャージを買っても、一日で使いきれる金額ではなかった。ふたりの両手はいくつもの紙袋を束ね、すれ違う人の眉が寄るのがわかる。

駅前の目抜き通りを一周したあとは、デパートの最上階にある食堂だ。プリンアラモードをつつきながらひと息つく。咲子はへとへとだが、千春はけろりとした顔で生クリームを口に入れている。

「千春、あとなにか欲しいものはないの。あったら言っちゃいな。今日はなんでも買ってあげる。お金はいっぱいあるの。あたしいきなりお金持ちになっちゃったのよ」

「なんで泣くの、おかあさん」

「泣いてなんか」

頬にゆっくりと涙がつたい落ちる。ヤマさんの言葉は振り払っても振り払っても、耳の奥で響いている。

「好きだよ咲ちゃん。でも、もう会えない」

だからといって、すぐに使いきれないほどの金を寄こすことはないじゃないか。いっそ自分の財布に収まるくらいのはした金で買われたほうがましだった。

「もう会えないなら、なんでこんなことしたの。なんで抱いたの。こんなお金、いらない」

ヤマさんは問いに応えず、ずっと封筒と咲子の手を握り続けた。ヤマさんが「会えない」と言うのなら、もうどんな偶然も起きないような気がした。

バッグからハンカチをつまみあげた。

「千春、女は笑いながら泣くんだよ。涙なんか流しちゃ三流だ。女は男のことで泣くのがいちばん格好わるいんだ」

「うん」

「学校で好きな男の子いる？　いるならどんな子か教えて。あたし応援するから。そのあたりのアドバイスなら任せてよ」

千春は首を横に振った。本当にいないのかと問う。唇の端に生クリームをつけたまま、うなずく。咲子はここ数か月間でいちばん愉快な気持ちになった。

「じゃあ、できたら教えて。千春がどんなひとを好きになるのか知りたい」

「なんで」

咲子は少し迷いながら答えた。

「おかあさんだから」

水曜の夜、明日は千春が実家へ帰るという日だった。散歩をしたり外食したりという日々も、明日で終わる。咲子が化粧を始めるころは、千春の言葉数も少なくなっていた。

出勤すると、お店のカウンターに夕刊が置かれていた。ママが家から持ってきたようだ。ママは咲子がやってくるのを待っていたと言って買い物に行ってしまった。

おつまみ用のスナック菓子と豆類、チョコレートや乾物、ピーナッツの用意をしながら何気なく新聞のいちばん上にあった記事に目をやった。

思いのほか早い再会だった。

四つ折りになった新聞の真ん中に、ヤマさんがいた。

古い写真だろう。どこから見ても極道だ。麻のスーツを着こなして、咲子にワルツの踊り方を教えてくれたヤマさんの本当の名前は『掛川慶喜《かけがわよしのぶ》』。そんな男は知らないけれど、どんなに目つきの悪い写真でたとえ髪が短くても、咲子にはわかる。この男は、ヤマさんだ。

抗争事件が勃発《ぼっぱつ》した春から最近まで、掛川慶喜は道東に潜伏していた。今回札幌《さっぽろ》に戻ったところで抗争相手側が差し向けたチンピラに撃たれた。犯人はまだ逃走中だった。胸や胴に十二発もの弾丸を撃ち込まれたという姿を想像してみる。正面から銃撃されたとあった。あの美しい観音様に傷がついていないことを祈った。

咲子はもうこの恋を終えられなくなった。

ごめん。怖いかい――。耳の奥で、優しい声がする。

明日が怖いのはヤマさんのほうだったに違いない。もしかすると札幌に戻ればもう自分の命がないことを知っていたんじゃないか。咲子の胸を痛ませているのは、ヤマさんが浴びたという十二発ぶんの弾だ。

彼がなぜ札幌に戻ることに決めたのか咲子にはわからない。会いたいひとでもいたのか、会わねばならぬひとだったのか。それとももっと大事な仕事があったのか。

咲子にとって大切なのは、この街にいるあいだ、彼は確かにヤマさんだったということだ。

別れの言葉を言いそびれたことを思いだし、有線に「乙女のワルツ」をリクエストする。心をざわめかせながらつま先が次のステップを探すことはなかった。店に戻ったママは、新聞記事についてはなにも触れない。常連がふた組帰ったあとは、ぱったりと客足が止まった。

「咲ちゃん、今日はもうあがりにしようか」

「うん。わたしもちょっと疲れ気味。暑くもないのに夏ばてかな」

「ちゃんと食べてしっかり寝なさいね」

ママに、短く礼を言った。部屋に戻るまでのあいだ、潮風がずっと咲子の背を押し続けた。まるで今すぐ川に飛び込めとでも言っているようだ。黒い川面を見下ろすと、ヤマさんの声が聞こえてくる。

咲ちゃんに会えてよかった。

そんな言葉、毎日使っていたのだと言い聞かせる。ワルツを教えながら、腰を抱きながら、観音様の羽衣《はごろも》を波打たせながら、誰にでも言ってる。ヤクザ者が女を見るたびに使う手だ。ジルバでもルンバでも、きっと同じ。色気と気《き》っ風《ぷ》と甘い顔に寄ってくる女なら、みんな同じ。

不思議と涙は出ない。うまく悲しむこともできない。もう会えないとヤマさんが言った時点で、たとえ生きていたにしても会えないことに変わりはないのだった。

部屋に戻ると、千春が起きて待っていた。咲子に、買ったばかりの寝間着を見せて似合うかどうかと訊ねてくる。そんなところはまだ子供っぽい。最初はぎこちなかったふたりの時間も、数日一緒にいれば溶けあって楽になっていた。

「やっぱり女の子って華やかでいいね。あたし仕事で毎日男のひとばっかり見てるから、なんか新鮮」

「明日帰らなきゃならないんだよね、やっぱり」

「また、冬休みにでもおいでよ。いつでもおいで。千春と一緒にいると、あたしも楽しいから」

千春がまっすぐ咲子を見て訊ねた。

「おかあさんが戻ってくることはないの？」

自分のほうが実家に戻るという選択があったことを、娘に問われるまで気づかなかった。口にしてみれば当然のことと思えるのに、まるで考えていなかった。実家に戻るのも悪くないと思えたのは、想像していたよりも娘との数日に救われていたせいだろう。父のない子に、母までない生活を強いていた。優しい母親になれる気はしないが、話のわかる女にならなれそうな気がする。

水の入ったコップを差し出され、ひと息に飲んだ。明日の朝、肌の張りを助ける一杯だ。咲子の生活習慣だった。ヤマさんが言ったように、千春が「いろいろ考えて、大人を観察してる」というのは、本当かもしれない。

「ばあちゃんの家だと、三人暮らしにはちょっと手狭かもしれないねえ」

千春の顔がぱっと明るくなる。もう十二時を過ぎているというのに、眠たそうな気配もない。咲子は娘の顔を見た。

思えば、同じ街や隣町にいるはずの男たちに、別れたあとも会うことはなかった。偶然すらない。どちらかが近づくことをしなければ、滅多なことではすれ違わない。この世もあの世も、会えないことに何の変わりがあるだろう。咲子はため息をひとつついて、娘に言った。

「ありがとう、千春」


翌朝、両手いっぱいの荷物を持って千春を駅まで送った。薄い霧もはれて、すっきりとした青空だ。道東の短い夏も、終わりに近づいている。

千春が駅舎の前で立ち止まり、駅前通りを振り返った。

「買い物、楽しかったな」

「うん、また行こう」

咲子も大通りを眺める。少し歩いて右に折れれば、ヤマさんと過ごしたホテルがあった。あの日にすべて終わったのだ。生きていてもそうじゃなくても、もう会えない。何度も何度も言い聞かせた言葉が、まだ伸びたり縮んだりを繰り返している。

「動物園も行きたい」

「うん、つれて行く」

おかあさん、と千春が語尾を上げたまま言葉を切った。

「なあに、どうかしたの」

「猿山のボス、可哀相だった。いつも誰が自分のリンゴを取りにくるか、警戒してた」

千春はヤマさんのことについてなにひとつ訊ねなかった。

咲子は床に荷物を落とし、娘の両肩につかまり、声をあげて泣いた。

「おかあさん、また来るね。来てもいいんだよね」

「うん。待ってる」

列車に乗った千春が、両手を勢いよく振った。車両が動き出すと、数日だけでも母親らしいことをしてあげられた満足や、たった一度の逢瀬《おうせ》がくるりとひとまとめになって、肩に提げたバッグに納まった。

この街を出ようかという思いが、再び心の底に沈む。今までずっと、こうして歩いてきたのだと思う。駅前のスクランブル交差点で信号待ちをしていると、街頭放送も車のクラクションも、人の話し声も聞こえなくなった。咲子の耳奥に「乙女のワルツ」が流れ出す。

つらいだけの初恋　乙女のワルツ――。

軽くステップを踏んでみる。初めて間違わずにワンコーラス踊れた。

褒《ほ》めてよ、ヤマさん。

信号が青に変わった。咲子はワルツのステップと同じ足取りで横断歩道を渡り始めた。

渚《なぎさ》のひと

ミシン部屋のラジオから、育子《いくこ》の好きな曲が流れ始めた。

DJがしきりに寺尾聰《てらおあきら》のアルバムを賞賛している。四月に発売されたアルバムは、ランキング番組でも常にトップだ。

育子はワイシャツ一枚分のボタンホールを開け終わり、ひと息ついた。ミシンの傍らでは隣家の孫娘がボタン付けをしている。生真面目なところと無口なのは幼いころから変わらない。

「千春ちゃん、今年もおかあさんはこっちに戻らないの」

「はい」

「そう。おばあちゃんも年だし、咲子ちゃんもそろそろ落ち着いて実家で暮らしたらいいのにね」

千春は黙々と針を持つ手を動かしていた。十六歳になっても祖母に預けられっぱなしの娘は、あまり母親のことを話題にしたくないらしい。

「今日も暑いね。夜は寝苦しくていやになる。おばあちゃんは大変そうにしていない？」

「暑いのは苦にならないそうです。あちこち痛くないから助かるって」

「そう、それならよかった」

　母親の咲子が道東にいると聞いてから、もう五年は経《た》ったろうか。街を出た咲子の居場所は、訊ねるたびに変わった。千春は地元の麻上《あさがみ》高校に通っている。奨学金を受けているというから、成績は悪くないのだろう。

　麻上高校へは育子の息子、圭一《けいいち》も通った。成績を上位十番以内につけていれば、医大か国立の法科は確実と言われている。圭一は二番から落ちたことがなかった。麻上高校は道央でも特に校則が厳しいことで知られているが、今どき長い髪をおさげにしている女子高生も珍しい。

　千春は滅多に笑わないし言葉数も少ない。友だちといるところも見たことがなかった。中学のころから朝夕の新聞配達で家計を助けていると聞いて、それならばと育子が請け負うボタンホールとボタン付けの内職を手伝ってもらっている。ワイシャツ一枚分のボタンを付けて十五円。育子の手元に入るものは減るけれど、こちらもひとりで家にこもって手を動かすだけよりは、ときどきでも話し相手がいたほうがいい。

育子は千春が生まれる前、彼女の母咲子が幼いころから塚本《つかもと》家の様子を見てきた。咲子は中学を卒業してすぐに働き始めた職場で、妻子ある男と関係ができたのだった。「未婚の母」を選んだ咲子は、周囲の目などものともせず颯爽《さっそう》としていた。華奢《きゃしゃ》な体の咲子が大きな腹を抱えて道を歩く姿は、毎日近所の噂《うわさ》になった。

咲子が千春を産んだころ、育子の傍らには五歳になった圭一がいた。子供はひとりしか望めないと言われていたあのとき、なかなか捨てきれずにいたマタニティウェアや赤ん坊の産着やおしめ、ベビーベッドを、思い切って咲子に譲ったのだった。

ベビー用品をすべて咲子に譲ったあとは、ひとりっ子はいけないという婚家の言葉も気にならなくなった。「ひとりを立派に育てればいいじゃないか」という夫の言葉が慰めだった。三十のとき必死の思いで産んだ息子も、大学三年生になる。圭一が健康でまっすぐ育っているなら、それでいい。

思えば二人目の子供をあきらめる覚悟ができたのも、咲子と千春のお陰だった。体の弱い自分が、若い咲子でさえ足をむくませる妊娠期間に耐えられるような気がしなかった。五歳の圭一を抱えて、一日中横になっているわけにもいかない。医者があきらめろと言うのだからそうするしかないのだと、自分に言い聞かせた。

ラジオが時報を打った。時計を見る。三時だ。そろそろ台所に立たなくてはいけない。今夜遅くに、旭川から圭一が戻ってくる。息子の好きなものをたくさん作って待っていようと、材料は昨日のうちに買い込んであった。鶏の唐揚げ、太巻き、いなり寿司《ずし》に春巻き、ポテトサラダ。夏場は揚げ物をしているうちに具合が悪くなるが、息子のためと思えば苦にならない。

「悪いんだけど今日は十枚で終わっていいかな」

千春が育子を見上げた。針仕事は驚くほど丁寧だ。だから任せておけるのだが、速さを要求される仕事には向かないだろう。平日の三日間をボタンホールとボタン付けの内職に充てているが、ふたりがかりでやっていても、他の内職請負の半分にもならない。いつもは二十枚のところを半分にしようという提案に、千春がうなずく。こんなときに決して文句を言わないのも、持って生まれた性分なのだろう。育子は財布から百五十円取りだして渡した。

「ありがとうございます」

「少なくてごめんね」

同じく一時間働くなら、ラーメン屋でどんぶりを運んでいるほうが倍以上の収入になるはずだった。千春も自分と同じで、人前で動く仕事は苦手なのだろう。千春には、飲食店で雇ってもらえそうな愛想もない。彼女の無口さと愚鈍さは、育子の慰めになっていた。

「今日は台所仕事を早めに始めたいのよ。鶏の唐揚げ、いっぱい揚げるから千春ちゃんも持っていって」

育子はミシン部屋に千春を残して台所に立った。

医学部を選んだ圭一の学費へ流れてゆく金は、育子の内職などまったく追いつかない。夫が市役所勤務という手堅い仕事を担保にして、銀行から金を借りている。夫の健康が息子の将来を支えていた。医大への進学は、ひとり息子にかける夫婦の夢でもあった。

人づきあいが苦手で外で働くことはできないし、なにより体力がなかった。自分が倒れてしまったら、学費どころではなくなる。育子の掛け捨て生命保険程度では圭一を無事に卒業させるのも難しかった。あれこれ考えてもやはり、病気をせず家でおとなしくしているのが自分にとっていちばん賢い選択だと育子は思う。

ご飯を炊いているあいだに昨日のうちに作っておいた春巻きの具材を巻いて、唐揚げの下ごしらえ、太巻きの材料を並べる。ポテトサラダは朝のうちに作って冷やしてある。台所に立っているときは、確実に必要とされている自分を実感できた。息子が好きなメニューをすべて知っている。このメニューさえあれば、圭一は喜んでくれる。

ただ、手を動かしているうちはいいものの、煮物のアクをすくい終わったときなどは妙な記憶のスイッチが入るのか気が滅入《めい》った。

ひとりっ子なんて、作らないほうがよかったんじゃないのと、何度訊ねられたことか。

もう産めない事情など、誰に説明したところでなんの解決にもならなかった。黙ってやりすごしているうちに、悔しさは息子の成長に寄せる喜びへと姿を変えた。

ひとりっ子はよくないと言う人ほど、子だくさんだったなと思う。「三人いれば社会ができるから」などとしれっとした顔で言う。自分の居場所に納得が欲しいのは、お互いさまだ。それもこれも、時が過ぎてひととおり傷ついてから気がつけたことだった。

ふたり、三人と産んだところで、ひとりがぐれたり問題を起こせばそれですべてがおしまい。子育てに、二勝一敗なんてないだろう。ひとりを賢くまっすぐ育てさえすればいいのだ。包丁を持つ手に力が入る。

「育子おばさん」

材料を切る手が止まった。

「そろそろ夕刊配達の時間だから販売店に行きます」

ひとついやなことを思いだすと周囲が見えなくなるのは、育子の悪い癖だった。千春の不安そうなまなざしに謝った。壁の時計を見る。ひとことも話さずに一時間が経っていた。

「いやだ、もうこんな時間。台所に立つと夢中になっちゃって。ごめんね、揚げ物は最後にしようと思ったもんだから。間に合わないね。わかった、あとで届けるから、おばあちゃんにそう伝えて」

千春が出ていったあと、揚げ物の準備を始めた。年ごろの娘の暗い表情を思い浮かべているうちに、油の温度が上がりすぎた。慌てて火を消し、時計を見ながら三分待つ。そのあいだずっと千春のことを考えていた。

不思議な子だけれど、彼女の不器用さは嫌いではなかった。娘だったら、もうすこし愛想がよくなるようふたりでお茶やお花といった習いごとでもするのに。育子はそこまで考え「いや」と首を振った。

自分には圭一がいる。圭一が立派な医者になれれば、それでいい。生きる意味も、子供を産んだ意味も、息子を一人前にすればすべて帳尻が合う。自分が産んだ子以外のことは考えまい。こんなとき心はいつも「ひとりしか産めなかった」ことの弱みと、たったひとりの息子が「優秀」という優越感のあいだを行ったり来たりする。帳尻は合うのだ。合うはずだと言い聞かせる。

壁のカレンダーを見た。午後七時到着。大きく書き込んである。圭一は、七時二十分には家に帰ってくる。

正月は三日、春休みも三日しか時間が取れなかった。家庭教師のアルバイトがあるのでは仕方ない。今回は一週間家にいられると聞いて、育子は内心踊り出したい気分だ。

毎日夫の帰宅が遅いのは残業代のためだが、今日はできるだけ早く戻ると言っていた。「学費係長」「残業大学」と陰口する同僚がいることも知っている。良い話はさっぱりだが、そうした話はどこからともなく育子の耳に入ってくる。生まれた街に五十年も暮らしているのだから、噂話で全身が重たい。育子からは外に出さないと決めているので、余計に集まってくる。

予定していたメニューがすべて仕上がったのが午後六時。タッパーウェアに一品ずつ並べて隣に届けた。玄関口で「おばあちゃん」と大声で呼ぶ。すぐに千春の祖母が出てきた。

「あぁ、いつもご馳走さん。育子ちゃんはまめによく作るねぇ」

「今日は圭一が帰ってくるから。これ、千春ちゃんと一緒に食べてちょうだい」

「ありがとうねぇ。圭ちゃん元気かい。もう少しでお医者さんだねぇ。えらいことだ」

タッパーウェアを受けとる指がおかしな方向に曲がっていた。ここ数年で、リューマチが悪化している。娘の咲子を産んですぐに未亡人になったと聞いた。女手ひとつで娘と孫を育てているうちに、無理がたたっての病気だろう。まだ六十になったばかりではなかったろうか。その頬や手や髪は、実際の年齢以上に年を取って見えた。

年齢以上に年老いた母、戻らぬ娘、その子供。隣家にまつわる女たちの日々は、長く育子の心を慰めてきた。心のどこかで、自分のほうがましだと思える大切な隣人だった。

圭一が戻ってから一時間ほどして、夫も帰宅した。

「おかえりなさい。圭くんがご飯はおとうさんと一緒に食べようって言ってくれて、待ってたの」

「またいっぱい作ったのかい。食べきれるくらいにしておきなさいよ」

少年から青年へと変化してゆく息子と並ぶと、夫はひとまわり以上萎《しぼ》んだように見えた。夫のみすぼらしさは育子の内側で、自分たちがこの子を育てているという実感へと変わってゆく。

久しぶりに訪れた家族の食卓だった。圭一は「安物だけど」と言って器用に赤ワインのコルクを抜いた。育子は息子が酒を飲むようになったことを初めて知った。

「圭くん、お酒飲めるようになったの」

「うん、ちょっとだけね。家庭教師先って、個人病院の院長の家だったりするからさ。ご飯を呼ばれたりするうちに、なんとなく味を覚えた」

「勉強に差し支えない程度にしてね」

圭一は笑いながら父と母のコップにワインを注《つ》いだ。

「かあさん、うちってワイングラスとか、なかったっけ」

「わたしたち、普段こんな高級なお酒飲まないもの」

「高級ってなんだよ。こんなワイン、高いうちになんか入らないよ」

圭一が笑いながら自分のコップに赤ワインを注ぐ。育子はそっと夫を窺《うかが》った。息子が注いでくれたワインを見ている。圭一が「乾杯」と言ってコップを持った。夫婦ふたりとも、息子につられて赤ワインを目の高さに持ち上げた。

テーブルが埋まるほど作った料理は、酒がなくなりかけても唐揚げとポテトサラダが少し減ったくらいで、あとは手つかずだった。ワインはほとんど圭一があけた。親のほうはそれぞれ一杯目をふたくち飲んだだけだ。育子はやりきれない思いを抱えたまま残った料理を台所に運び、ゴミ袋に入れた。冷蔵庫から出し入れしながら、腐る直前まで食卓にのせる気になれなかった。

「俺、ちょっと酔った」

育子は慌てて走り寄り、階段を上る圭一を呼び止めた。

「圭くん、お風呂沸いてるけど」

「いいよ、明日の朝シャワー浴びるから」

「でも、せっかくお湯があるのに」

圭一は「面倒だ」と言って階段を上った。振り向くと夫が、グラスに残ったワインを台所に捨てていた。育子はぼんやりとその仕草を見た。

妻の視線に気づいた夫の、口元が均等に持ち上がる。

「せっかく作ったのに、みんな捨てるのか」

責める響きはなかった。おとうさん、と言ったあとわずかに間があいた。

「もったいないことして、ごめんなさい」

「疲れただろう、今日は早く休みなさい」

毎日残業続きの夫にねぎらわれていた。家族の食卓はもう遠いものになりつつある。

育子さえしっかり現実を見ていれば、もっと早くに気づけたのだった。ひとつ息を吐いて夫に微笑んだ。

「おとうさん、お風呂入ったら」

「そうだな、ありがとう」

優しい言葉を掛け合っても、体から空気が漏れだしてどこにも力が入らない。ボタンとホールの位置が合わなかったときに似ていた。家の中にはまだ揚げ物のにおいが漂っていた。いつもはもっと食べる人ではなかったろうか。育子は風呂場に向かう夫の背中がちいさく見えて、掛《か》ける言葉をのみ込んだ。湯船の湯も燃料代も切り詰める毎日が、捨てた料理と一緒にポリ袋に詰まっていた。


翌日、昼過ぎに布団から出てきた圭一がミシン部屋の戸口から声をかけてきた。

「俺、ちょっと出てくる」

「ご飯も食べないで、どこへ行くの」

「佐田《さだ》の家。昼飯はいいよ、外で食べるから」

高校時代の級友の名前が出ても育子は返事をしなかった。誰か来ているのかと問われ、隣の千春だと答える。

「千春ちゃん?」

育子はミシンのスターターから足を浮かせた。開けたふすまの空間いっぱいに圭一がいた。いつのまにこんなに大きくなったんだろう。いつも元気にミシンの周りを走り回っていたはずなのに。

圭一の視線はボタン付けをしている千春に注がれていた。突然ふすまを開けた圭一を見上げ「どうも」と頭を下げている。

「へぇ、なんかずいぶん印象が変わったね。もう中学生だっけ」

「なに言ってるの、麻上高校の一年生よ。圭くんの五年後輩じゃないの」

「なんか、ランドセル背負ってるイメージしか残ってなくて。へぇ、麻高に行ってるんだ」

圭一は教師の名前をひとりふたり挙げて「元気かな」と訊ねた。千春は短く「はい」と答える。愛想も媚《こ》びもない。それ以上ふたりの会話が弾む気配もなく、育子は再び縫いかけのボタンホールに視線を落とした。

「じゃ、行ってくる」

閉まりかけたふすまに向かって、いつ戻るのか訊ねた。

「晩飯までには戻るよ」

面倒くさそうな応えが返ってきても、昨日のように心の置き場に困ることはなかった。育子は自分の心もちに安心し、手を動かしながら息子を送りだす。

バイト先の医者の家でどんな高級な料理や酒に触れていても、息子の生家がこの家であることに変わりないのだと思った。開き直りでも居直りでもなく、ここまで育てたという自負だ。母なのだから、と背筋を伸ばす。息子が外でなにを覚えようとどんなことを思おうと、じたばたするなと自分に言い聞かせた。

育子が夕食の用意を始めたところで、圭一が片手にラジオカセットを提げて戻った。学生鞄《かばん》と同じくらいの大きさだ。一瞬、高校生のころの姿を思いだした。たった三年しか経っていないのに、いつのまにか酒を飲むようになり親の知らない一面が育っている。

カレーライスならば無駄にせず済む、と材料を切り始めたところだった。この期に及んでまだ息子の口から「おいしい」という言葉を聞きたがっている。育子はラジカセを持ってそのまま二階に上がろうとする圭一に声をかけた。

「どうしたの、それ」

「佐田から借りた。こっちにいるあいだ貸してもらったんだ」

「借りてきちゃったら、佐田くんは困らないの？」

「あいつのところにはすごいオーディオシステムがそろってるの。これはやつが中学のときの遊び道具。返さなくてもいいって言ってたけど、そういうわけにもいかないでしょう」

それより、と圭一が上りかけた階段で育子に訊ねた。

「今日さ、神社のお祭りだって聞いた。なんか駅の近くが騒がしかったな。そんなの昔からあったっけ」

「三日くらい前に新聞に折り込みが入ってた。今夜は宵宮だったんじゃないかな」

もう何年もお祭りなど行ったことがなかった。祭りだろうが週末だろうが、夫の帰宅は遅い。残業手当を上限までもらって、ようやく仕送りができているのだ。仕送りをした残りは、夫婦ふたりが食べるのがやっとで、祭りはおろか映画ひとつ楽しむ余裕もなかった。

「晩ご飯食べたら、ちょっと冷やかしてこようかな」

「ひとりでお祭り?」

圭一は首を傾げたあと、「誰か一緒に行かないかな」と言って笑った。不快さがひと刷毛《はけ》、育子の胸を撫《な》でた。

「佐田くんを誘ってみたらいいじゃないの」

圭一が笑いながら二階へ駆け上がっていった。

息子が宵宮に連れて行ったのが隣の家の千春だと知ったのは、翌日の午後だった。千春がミシン部屋にやってくると、すぐに圭一も現れた。

「千春ちゃん、おばあちゃんに怒られなかった？」

「はい、だいじょうぶです」

目を伏せた千春とにこやかな息子の顔を見比べた。育子は「よかった」と言った圭一を睨《にら》みつけた。

「圭くん、昨夜《ゆうべ》のお祭り、千春ちゃんを連れて行ったの？」

「そうだけど、駄目だった？　佐田も彼女連れてきてたし、俺だけひとりってのも気まずいじゃない。千春ちゃんに頼んだら、いいって言ってくれたんだよ。そんなに怒ることかな」

「怒ってない。そういうことを黙ってるのはいけないと思うんだけど。いったい何時まで連れ回したの」

「何時って、俺が帰ってきた時間でしょう。十一時にはお隣に送ったよ」

「千春ちゃん、未成年じゃないの」

「成人した保護者がついていればいいんだよ。だいたい、お祭り会場なんて高校生ばっかりで佐田も俺も半分しらけて帰ってきたんだから。そんなに怒るのおかしいって」

一度閉めた戸を開き、圭一が千春に声をかけた。

「千春ちゃん、仕事終わったら昨日話したテープ聴きにおいでよ」

千春が「はあ」と頭を下げて、そのあと育子を見上げた。いつ見ても愚鈍なまなざしだ。育子はこんな女に興味を持ったり一緒に祭り会場を歩く息子に苛立《いらだ》った。その一方で自分の心の狭さに腹を立てた。

圭一が二階に上がったころ、育子はボタンホールを開け終わったワイシャツを作業カゴに放った。つい乱暴な放りかたになり、シャツの袖が千春の腕にあたった。千春が驚いた顔を育子に向けた。目が合う。

「千春ちゃん、高校生が夜中まで外にいるのはいけないと思う。おばあちゃんや咲子ちゃんに申しわけないから、たとえ圭一が誘っても断ってちょうだいね」

「はい、わかりました」

自分の言葉にうんざりしながら、うつむく千春を睨みつけた。圭一が聞く耳を持たないのならば、千春に言い含めるしかない。育子の怒りに気づいているのかいないのか、千春は黙々とボタンを付けている。気づけば千春の鈍さや、細い目や、短い指や愛想の悪さなど、おおよそ魅力とはいえない部分を数えていた。

この娘が圭一の気持ちを惹《ひ》かない理由を、精いっぱい心に溜《た》めてゆく。あれこれと溜めてはみるが、もっとも気に入らないのは細い体に釣り合わないほど大きな胸だった。この膨らみが誤って圭一の心を揺らしたら、どうすればいい。

千春ちゃん、と育子は精いっぱい優しく声をかけた。

「おばちゃんね、週明けまでお仕事休もうと思うの。たまには手の込んだお料理も作りたいし、家事もいろいろ溜まっちゃって。来週からまたお願いするっていう感じでいいかな。千春ちゃんにも都合があるのはわかってるんだけど、ごめんね」

「わかりました」

ほっとしたのもつかの間だった。圭一が帰りかけた千春を呼び止めた。

「ねぇ、販売店に行くまでにまだ少しあるんじゃないの。ちょっと二階に寄って行きなよ」

千春がちらと育子を見た。目をそらす。

「おいでよ、アルバム一枚くらい聴く時間あるでしょう。通して聴くと、やっぱりいいんだよ」

千春が「はぁ」と言って圭一についてゆく。ついさっき「わかりました」と言ったばかりではないかと詰め寄りたいのをこらえた。育子は階段を上るふたりの背中を見て、胸奥で渦巻くいやな想像をひとつひとつ持ち上げては意識の外に放った。それらはいびつな形をしているくせに、いくら放ってもまっすぐに跳ね返り育子の胸に戻ってくる。

台所でキャベツを刻んでいると、二階の部屋から寺尾聰の曲が聞こえてきた。ラジオでは楽しみにしていた曲も、今日ばかりは素直に聴くことができない。部屋にいるふたりの姿を想像しては、あれほど言ったのにと奥歯に力が入る。

堅実な暮らしや子育てを放り投げて、自由に生きている咲子を思い浮かべた。育子とはまったく違う生きものだ。あぁ、血は争えないと思った瞬間、包丁を持つ手に力が入った。勢いで下ろした刃先が人差し指の爪《つめ》を削《そ》いだ。指の先すれすれだ。背筋に冷たい汗が流れる。丸い爪の先に角がついた。

動悸《どうき》が速くなった。息苦しい。圭一と千春は二階でなにをしているのだろう。

たまらず、育子は階段を駆け上がった。圭一の部屋のふすまを開ける。ベッドに腰掛けた千春、窓際で椅子《いす》に座る圭一、机の上にラジカセがある。ふたりの視線が育子に移り、手元に移動する。千春の悲鳴で我に返った。

「かあさん」

圭一が椅子から立ち上がった。ふたりの視線が育子の右手に集中していた。視線の先を見る。右手に包丁を握っていた。育子は取り落としそうになった柄を握り直し、刃先を隠して精いっぱい笑った。

「今、時計見て慌てちゃって。千春ちゃんが新聞配達に遅れるといけないと思って」

「なんなんだよ。いくらなんでも包丁持って上がってくることないだろう。勘弁してくれよ」

圭一が眉間《みけん》に皺《しわ》を寄せ、大きく息を吐きだしながら椅子に座った。千春の視線はまだ包丁に注がれたままだった。

「千春ちゃん、そろそろ販売店に行かなくちゃ」

「はい、すみません」

しおらしい顔をして立ち上がるが、育子はもう千春のなにもかもを信じられなくなっていた。

五日後、育子は駅の改札前で圭一とふたり、上り列車の到着を待っていた。旭川行きの特急に乗るためには、一度逆方向の札幌に出なくてはいけない。

「次は年末年始に戻るから。あんまり帰ってこられなくてごめん」

これでしばらく千春のことで思いわずらうことはないという安堵《あんど》と、旭川で息子がいったいどんな暮らしをしているのかという不安のあいだを往復している。いっそなにも知らないほうが気持ちは楽なのだ。いや、違う。心は大きな矛盾を孕《はら》みながら、いっときも折り合おうとしなかった。

「圭くん、とにかく勉強しっかりがんばってちょうだい」

「いつもがんばってるでしょう。心配しなくていいよ、だいじょうぶだから」

育子より頭ひとつ以上背が高くなり、母親の欲目を差し引いてもずいぶん力強い顔立ちになった。朝から母親に優しかった息子。しばらく会えないと思うと、さびしくて泣きたくなる。

「圭くん、ひとつ訊いていいかな」

どうぞ、というまなざしも口元も柔らかだ。

「千春ちゃんのことだけど。お祭りに行ってからは会ってなかったんだよね」

「どうしたの、いきなり」

「相手はまだ高校生だから、ちょっと心配になっちゃったの」

「考えすぎだよ、それはないでしょう」圭一が声をあげて笑いだした。

「旭川で、誰かつきあってる人がいるならそれでいいの。別に、おかあさんそこまで干渉したくない。でも、今は学業優先でいてほしいのも本当のところなの」

複雑なのよ、と言ってしまったあとは楽になった。圭一は笑いながら、それもないよと繰り返す。

「俺、かあさんが思うほどもてないよ。彼女もいない。できたらちゃんと紹介するから」

久しぶりに息子と過ごした一週間を振り返れば、ここでどんな会話を交わしてもみな上滑る気がしてくる。列車情報の電光掲示板に「改札中」の表示が出た。ベンチに座っていた列車待ちの人々が立ち上がる。育子はアイロンをかけたシャツやコットンパンツが入った紙袋を圭一に手渡した。

「体に気をつけて。ときどき電話しなさいね」

圭一は改札を抜けて一度手を振ったあと、育子の視界から消えた。

十月になると空が高くなった。街路樹の銀杏《いちょう》がみごとな黄金色に染まり秋風に揺れていた。ミシン部屋にも育子がボタンホールを作り、千春がボタン付けをする毎日が戻ってきた。近くに圭一がいなければ、心穏やかな日々だ。

「千春ちゃん、ちょっと痩《や》せたんじゃない」

もともと細い体が秋を迎えてひとまわりちいさくなったように見える。そのぶん余計に胸が前に突きだしていた。愛想のないのは相変わらずだった。多少気まずい思いを経てもこうして元に戻るのは、あまり感情を表に出さない千春の性分も幸いしている。

育子の質問に、千春は首を傾げて「そうですか」と言った。

「うん、痩せたと思う。ちゃんと食べてる？　高校生っていったらいちばんふっくらしているころじゃない。この時期に痩せるのって不健康よ」

この夏は咲子のところへ行かなかったのかと問うと、千春は「新聞配達があるから」と答えた。

「朝刊も夕刊も配ってるんでしょう。それで学校が終わるとここでボタン付けだものね」

女の子をこんなに働かせて、と言いかけてやめた。千春が働くのは社会勉強でも小遣い稼ぎでもないのだった。千春の稼ぎは家計の足しになっている。毎日もやしと卵が栄養の要なのは、育子にしても変わらない。こちらは学費という「大きく出てゆくところ」があるだけで、みんな金の入り口と出口の幅に大きな差などない。道理の悪さには育子もうんざりだ。

「ちょっと小腹が空《す》いたかな。ねぇ、キャベツいっぱい入れてインスタントラーメンでも食べようか」

「ご馳走になっても、いいんでしょうか」

育子は「ご馳走なんかじゃないでしょう」と笑ってミシンから離れた。

「五、六分でできるから。その一枚が片付いたら台所にいらっしゃいね」

うなずいた千春の顎《あご》が夏よりも尖《とが》っていた。インスタントラーメン一杯でなにか施したつもりになる心もちに蓋《ふた》をして、育子はキャベツを刻んだ。

刃先についたキャベツをまな板に落としながら、夏のことを思いだす。あの日、包丁を持って階段を駆け上がるほど、圭一と千春がふたりきりになることに嫌悪と焦りを覚えた。

ラーメンをどんぶりに分けてネギをのせた。ご馳走ではないけれど、白ごまを振るとそこそこ見栄えのする出来になった。台所から千春を呼ぶ。返事もせずにのっそりと居間に現れた千春を見て、ほっとしている。こんな子を、と思う。育子はこんな冴《さ》えない娘と圭一がどうにかなるのではと邪推していた夏の数日を嗤《わら》った。

食卓テーブルにどんぶりをふたつ並べた。

「さ、食べちゃおう。もう少しで夕刊の時間」

「いただきます」

千春が礼を言いながら箸《はし》を持った。麺を持ち上げた箸が口元で止まる。ミシン部屋にいたときよりも顔色が悪い。なにか病気でもしているのじゃないか。箸は止まったきり、千春の口元へ近づかない。

「千春ちゃん」

具合でも、と言いかけたところで背中に冷たい汗が流れた。いやな想像が広がる。千春が箸をどんぶりに下ろした。育子は翳《かげ》ってゆく窓の外に視線を移す。なにを言おう。その前に、なにを思おう。手のひらに汗がにじんだ。

沈黙が続き、いつの間にかどんぶりの中では麺が盛りあがり汁が見えなくなっていた。もう、食べられるようなものではない。

「千春ちゃん、無理しないで。ラーメンのにおい、駄目なんでしょう」

うなずいた横顔を、冷えた気持ちで眺めていた。圭一を妊娠したとき、育子もこのにおいが駄目になった。心にゆらゆらと陽炎《かげろう》が立つ。憎しみの炎が火柱になって高さを増していった。おおよそ人らしい感情とも思えぬ心もちで、育子は言った。

「おばちゃん、病院に連れて行ってあげようか」思いもよらぬ優しい声になる。

千春の顔が持ち上がった。感情の在処《ありか》がつかめぬまなざしだ。おびえているようにも、今にもこちらにすがりついてきそうにも見える。

「心配しなくてもいい。なんにも言わないでいいから。明日、おばちゃんと一緒に病院に行こう」

こんな娘ひとりに、圭一の未来を邪魔されてはいけなかった。

千春が声を出さずに泣き始めた。

「だいじょうぶよ、だいじょうぶだから。おばちゃんに任せてちょうだい」

育子の声はいっそう穏やかになった。


三日後の午後三時。太陽はすっかり西に傾いていた。育子は産院の待合室で古いセーターを解いた毛糸を使い、夫の帽子を編んでいた。毎年圭一の手袋やマフラーを編んでいたが、今年はそんな気持ちになれない。手術日の産婦人科は、どこか寒々しい気配を漂わせていた。

医者も千春の様子を見て産めとは言わなかったし、育子は隣家の親切なおばさんを演じきった。病院へと向かう電車の中でも千春に「予定外のことが起こるのはいつだって女のほうだ」と、もっともらしい言葉をかけた。千春は常に無言でうなずいた。

育子は青い顔で処置室から出てきた千春を見ても、なにも感じなかった。終わった、という安堵と圭一を守りきった満足のほうが勝っていた。

母親の咲子が十代で大きな腹を突き出して近所を歩いていたころを思い浮かべた。母も娘も、望んで下り坂を転がり落ちてゆく不思議な性分だ。育子は病院までの道で、咲子が千春を身ごもったときのことを話してきかせた。

「咲子ちゃん、それは大変そうだったのよ。千春ちゃんが高校をあきらめて同じ思いをするのを、おばちゃんは見ていられないの。自分の娘みたいに思ってるのよ、千春ちゃんのこと」

蛙《かえる》の子はしょせん蛙なのだ。痛まない心に傷つくのは今ではないと、つよく自分に言い聞かせた。育子は病院から戻る際、普段は決して使わないタクシーを使った。

「今日と明日は新聞配達を休みなさいね。販売店にはおばちゃんが電話をしておいてあげるから」

「すみません」

ミシンを壁側に寄せて、来客用の布団を敷いた。夕食まで体を休めていきなさいと言うと、千春は素直に横たわり、すぐに寝息をたてはじめた。圭一がこの、無防備で愚鈍な娘の体に触れたのだと思うと全身の毛が逆立つ。今すぐ叩き起こして外に放り出さないのは、千春からことの一切が漏れることを恐れているからだ。

まだ若いし、こんなに簡単に妊娠するのだから、と思った。これから先のことなど案じる必要はない。高校生が子供を産んでどうする。誰が育てる。どこにそんな金がある。

費用は育子がもしものときのために取っておいたへそくりを使った。病院の窓口で支払いを済ませたあとの残額は一万円となったが、紛れもなく今が「もしものとき」だった。

育子は千春を寝かせたあと、野菜を刻み続けた。温野菜、煮物、冷凍用のネギ、みじん切りのタマネギ。買うのはいつも、新鮮さが失われて半値になった野菜ばかりだ。買ってすぐに半調理しておけば夕食の品数が一品増やせる。途中から肉じゃがを煮詰めながら作業を続けた。

タッパーウェアに詰めて千春に持たせるころには、味もほどよく染みているはずだ。袋の中のタマネギがひとつ腐っていた。外側はなんでもなさそうな薄皮に包まれているのに、割ってみると中身の半分が真っ黒だ。傷んでいない部分をそぎ落として細かく刻む。黒い部分は迷わず捨てる。涙が出て、刃先があやしくなった。

育子は千春のお腹の子の相手については一度も訊ねなかった。圭一以外であれば

「優しくていいおばちゃん」だろうし、万が一自分の息子だとしても自分はやっぱり「優しくていいおばちゃん」だ。心を痛める必要など、どこにもない。

タマネギを刻み終えても涙が止まらなかった。育子は自分がいったい、なにを理由に泣いているのかわからなかった。

千春が台所に顔を出した。用意しておいた肉じゃがのタッパーウェアを差し出す。一緒に一万円が入った封筒を渡した。

「これ、なにかのときのために取っておきなさい」

千春の視線は肉じゃがと封筒に注がれている。育子とは目を合わせない。やはり、と思う。やはり腹の子は圭一の子なのだろう。

「このこと、誰にも言わないほうがいいと思う。千春ちゃんにも将来あるんだから。男の人には気をつけなさい。自分を守るのは、自分しかないのよ」

育子がなにを言っても、千春から返ってくるのは「すみません」だった。体調がよくなったら、またボタン付けにきてくれるかと訊ねた。千春が目に涙を溜めてうなずいた。

肉じゃがも味噌汁も温めればいいだけになっている。おひたしは冷蔵庫に入れた。育子は暗い階段を上り圭一の部屋に入った。机の上にあるラジカセのフレームが、窓から漏れ入る街灯の明かりを吸って光っていた。こんなものを「おもちゃ」だと言う恵まれた生活を想像してみる。どこかぼんやりとした家族の像が浮かぶ。

「ＰＬＡＹ」ボタンを押した。

夏のあいだラジオでさんざん聴いて、最近はあまりかからなくなった「渚のカンパリ・ソーダ」が流れてきた。音楽ひとつで盛りあがってしまう若さが疎《うと》ましかった。

同じフレーズが何度も繰り返された。

曲の中では、八月に出会ったふたりが心躍らせている。恋に落ちた男がもてあます無邪気さとはなんだろう。

育子は夫と出会ったのが八月の小樽《おたる》だったことを思いだした。ふたりとも海辺の名物食堂で、ニシンが焼き上がるのを待つ列にいた。向こうもこちらもひとりというのが妙に気になっているところへ店員から「混んでいるので相席にしてくれ」と頼まれたのだった。

行きはひとり、帰りはふたりで浜を歩いた。同じ街に住んでいるとわかり、簡単に恋に落ちた。

少しは愛してくれ、と繰り返すフレーズに、目から涙が溢れ出た。誰に対しての涙なのか、問うことが怖い。こんな怖い思いは初めてだった。育子は「ＰＬＡＹ」ボタンが上がるまで泣き続けた。

その夜、食卓を挟んで自分と夫のコップに「カンパリソーダ」を注ぎ分けた。どうしたんだ、と問われ「週末だから」と答える。この夏さんざん耳に入った酒の名前だと説明する。

「かあさん、こんなハイカラなもの、どうしたの」

「なんか、飲んでみたかったの。どんな味がするのかなと思って」

スーパーの酒コーナーにたくさん並んでいるのを見て、一本手に取った。流行の酒は苦くて微《かす》かに煙草のにおいがした。肉じゃがにも味噌汁にも、ご飯にもおひたしにも合わない。ひとくち飲んで吐き出しそうになりながら、夫に向かって「まずい」と笑った。夫も笑っている。

圭一が旭川に行ってしまってからは再び、ふたりで十時過ぎに晩ご飯を食べるようになった。胃に負担のかからないもの。食卓の貧しさをそんな理由で包んでいる。夫が家の外で腹が空くことのないよう、昼の弁当と夕方用の握り飯を持たせるのも変わらない。

「ねぇ、まだあの食堂やってるかな」

あの食堂って、と訊ねる夫に「浜の食堂」と答える。

「やってるんじゃないかな、どうしたの急に」

「春になったら、またニシンを食べに行きたいと思って」

夫はしばらく黙ったあと「そうだね」と静かにうなずいた。育子は自分が、死ぬまでひとりで担ぎ続ける荷物を背負ったのだと気づいた。墓場まで持って行かねばならない荷物は、これから先どんどん重みを増すのだろう。溢れそうになる涙を肉じゃがと一緒に飲み込む。

カンパリソーダは変わらず苦かった。

育子は静かな食卓を改めて眺めた。

「おとうさん、圭一の名前を決めたときのこと、覚えてますか」

縦横、縦横。男の子の名前には斜めがないのがいい。妻の希望を聞いて、彼が三日三晩悩んだ名前だった。

「縦横、縦横。やっぱりいい名前だわねぇ」

おひたし、カンパリソーダ、肉じゃが。

「おとうさん、子育てってなんでしょうね」

夫がカンパリソーダをひとくち飲む。

「これ、不思議な味だな」

夫のこんなところが好きだった。変に気の利いたことを言われたら、ぴんと張った糸が切れてしまいそうだ。

「子育てかぁ」忘れたころつぶやかれ、胸の奥に赤い泡が立ちのぼった。

日付が変わるころ、台所仕事を終えた。夫を起こさないようそっと布団に入る。目を瞑《つぶ》ると、ふたりで歩いた夏の浜辺が浮かんできた。凪《な》いだ八月の海だ。

眠りに落ちてゆく途中、眼裏《まなうら》の景色の中で誰かが育子に向かって手を振った。育子は人影に目をこらす。

千春が青白い顔で手を振りながら近づいてくる。

「千春ちゃん」それ以上来ないでほしい、悪かった——謝ろうにも声が出ない。手をついて砂をつかむ。乾いた砂はつかんでもつかんでも、育子の手からこぼれ続けた。

隠れ家

「ミ・アモーレ」の曲に合わせて両脚を大きく広げた。

V字に開いた脚のあいだから、客席を見る。八十席のうち、空いているのは数席。立ち見客もいる。週末のススキノには今夜も人が溢れていた。酒場からはみ出た男たちが『ろまん座』の客席に座っている。

「よっ、麗香《れいか》」かけ声とともにタンバリンが響き、手拍子もつよくなる。年末、街角のどこでもかかっている一曲だった。レコード大賞にもっとも近いという歌手の声は生意気でひたむきで、陽気なようでどこかかなしい。

ススキノの真ん中にある『ろまん座』の年末御礼看板のトップに「あさひ麗香」の名前がある。小屋で踊り始めてから、年が明ければ八年だった。札幌だけで踊り続ける、小屋つきの踊り子だ。月に二十日間踊り、十日休む。十八のころから八年間、ずっと同じ暮らしをしてきた。客席の反応に合わせて瞬時に内容を変えられる腕もついた。年の仕舞いの週だった。

客席へと延びたステージの先に、五十がらみの客が熊《くま》のぬいぐるみを置いた。麗香はそれを両脚に挟み、うつぶせと仰向《あおむ》けを繰り返しながら体をくねらせ手元に引き寄せる。

拍手、手拍子――。

ぬいぐるみを片手に立ち上がった。客席に向かって手を振る。今日のラストステージだ。埋まった座席をまんべんなく見回す。

左端の最後列にひとりだけステージを見ていない客がいた。ダンスのときにはいなかった客だ。目深《まぶか》に被《かぶ》ったアポロキャップとスタジアムジャンパー姿に見覚えがあった。ジャンパーの肩から胸にかけて濡《ぬ》れている。外は雪が降っているのか。いつもより長めに手を振り続けてみるが、男は顔を上げなかった。

広瀬浩二《ひろせこうじ》だ。兄に間違いない。客席に悟られぬよう、麗香は軽くターンをしながら舞台の袖へと戻った。舞台袖に放ったダンス衣装を飛び越え、走って楽屋に戻る。麗香の衣装を始末するはずの若い踊り子が、鏡の前で横になっていた。ほかの四人はもう夜の街や深夜営業の温泉へ散ってしまったようだ。ハンガーから外したパイルのガウンを羽織り、急いで舞台裏へと戻った。

幕に空いた穴から客席を覗《のぞ》く。アナウンスが入り明るくなった会場から、次々と客が出てゆく。タンバリンやマラカスを紙袋に戻した応援隊が出口へ向かう。目をこらし探すが、どこにも浩二の姿はなかった。

兄が刑期を終えて戻ってくるのを、八年待った。ススキノの街で待ち続けた。楽屋に戻り、急いで化粧を落とす。横になっていた踊り子が起き上がった。

「おつかれさまです。すみません、眠っちゃって。衣装、すぐ片付けます」

「調子悪そうだったけど、具合はどうなの」

「だいじょうぶです。昨日ちょっと飲み過ぎたんです」

「ステージに響くような飲み方は、やめてね」振り向いたときはもういなかった。

楽屋は踊り子がひとりにつき畳一畳ずつの鏡前を占有できるようになっている。手のひらひとつぶんの奥行きしかない棚は、化粧品やファンからもらったぬいぐるみや舞台用の髪飾りなどこまごまとした小物類でいっぱいだ。楽屋には踊り子たちが使うコロンと食べ物のにおいが充満していた。ゴミ箱の前にフライドチキンの空き袋やにぎり寿司のパックが積んである。舞台がすべて終わったあとは音楽もなく、静かだ。

兄が帰ってきた。もうこのにおいともお別れだ。その日が来たらここを去ると決めていた。楽屋の壁に張りめぐらされた鏡を見る。年数を重ねるうちに、どんな心もちのときも人目には笑って見えるようになった。舞台に演《の》っているときはなおのこと、楽しくなくても笑える。

急いでジーンズとセーターを身につける。素顔に戻り背中までの髪もひとつに結わえた。楽屋の端にある簡易階段を引き下げ、二階に上がる。泊まるところや金のない踊り子たちのために劇場が用意した二畳の部屋が四室あった。ここに居着いているのはあさひ麗香ひとりだった。

壁に掛けておいたグレーのダッフルコートとバッグを手に取る。楽屋に下りると後始末を終えた踊り子が化粧を落とし始めていた。

「麗香ねえさん、お出かけですか」

「うん、ちょっと。今夜はしっかり寝て、明日またがんばってね」

間延びした返事を背中に聞き、ドアノブに手をかける。ドアは外側から開けられた。逸《はや》る気持ちに立ちふさがるように、劇場主の浅見《あさみ》が立っていた。四十半ばの元ストリッパーは、声がつぶれて嗄《かす》れている。本人に言わせると空気の悪い楽屋暮らしによる「小屋やけ」らしい。頭上のいちばん高いところで長い髪をひとまとめにしているので、顔の皮膚が持ち上げられ、ほとんど皺らしい皺がない。小柄で引き締まった体は、まだまだ現役で踊れそうだ。

「あぁ、麗香ちゃん、ちょうどよかった。ちょっと見てほしい子がいるの」

浅見の後ろから麗香とそっくりなダッフルコートを着た女が現れた。こんばんは、と頭を下げる。また踊り子志願者だ。中肉中背、長い髪、化粧っ気なし。まだ二十歳《はたち》前かもしれない。

「寒いから、ほら」

促されて女が楽屋に入ってきた。ドアが閉まる前、ネオンに照らされながら落ちてくる大粒の雪を見た。浅見と踊り子志願の女に押し戻されるように、麗香は楽屋に戻る。若い女の背に手をまわし、浅見が言う。

「この子ね、年明けにはススキノに出てきたいって言うの」

言葉に詰まった。浩二が戻ってきたからには、自分もここから出てゆかねばならない。

「こんな格好を見たら、いやでもあんたのこと思いだしちゃって。一重まぶたは化粧でどうにかなると思うのね。年明け、ちょっと仕込んでやってくれないかな」

もう心に決めたことと、麗香は浅見に向かって頭を下げた。

「社長、突然ですみません。わたしも、ここを出てゆくときがきました」

柔らかだった浅見の表情が変わる。ひととき見せた現役時代を思わせる険しい目が、口を開くとゆるんだ。

「戻ってきたのね」

うなずく。浅見は長いため息をひとつついたあと、ちらと横に立つ女に目をやった。

「悪いんだけど、今年いっぱいってのは勘弁してちょうだい。この子のこともあるし、あと一週、年明けの十日間だけお願い。引退公演くらい、させてちょうだい」

小樽へ向かわねばならないことを告げた。

「今ならまだ最終に間に合うの」タクシーを飛ばしてでも行くつもりだった。

「お願いだから、帰ってきてちょうだいね」浅見がドアの前で体をずらした。

「明日のステージまでには戻ります」飛びだした師走《しわす》の街に、幾千もの糸を垂らし雪が降り注いでいた。寒さは感じなかった。ここはなんでも忘れたふりができる街だ。だからなによりも自分に課した「約束」が尊い。

最終列車には間に合ったものの、小樽駅から先へはもう電車もバスもとうに運行を終えていた。もしかしたらと端から車輌の中を往復してみたが、浩二の姿はなかった。客待ちのタクシーに乗り込み、行き先を告げる。

「塩谷《しおや》までお願いします」

バックミラー越しに塩谷のどこかと訊ねてくる。漁港に向かってくれるよう言うと、運転手はフロントガラスを見ながら唸《うな》った。

「除雪車が入っていればいいんだけど。もし駄目だったら、行けるところまででいいですか」

「かまいません、お願いします」

日本海から吹き上げる風で、海を見下ろす高台の道は吹きだまりになっているかもしれない。今夜ススキノの雪はまっすぐに空から落ちてきたけれど、生まれ育った町では海の底から降る。

国道を進むと町の明かりが少しずつ薄れていった。窓の外はぽつぽつと並ぶ街灯に照らしだされた雪明かりだけになった。流れてゆく街灯と硝子《ガラス》が遠い夜を映した。

年に二、三度、風を通していたけれど、雪が降る季節になってからは一度も戻っていない。運転手が心配したとおり、除雪は早朝にならないと入らないらしい。運転手が心配そうにバックミラーを覗《のぞ》くのを無視して、雪道に飛びだした。

街灯下にひとすじ、雪のくぼんだ道がある。札幌を出たときに持っていた根拠のない自信が確信に近づいている。雪は膝《ひざ》の下あたりまで積もっていた。ここからは歩いて五分だ。雪道なのでいつもの倍はみておいたほうがいい。街灯の下、まっすぐに続く雪のくぼみをなぞりながら進む。ときおり海風が足もとから雪をすくい上げては空に向かって上ってゆく。

足跡は少しずつ石の塀へと近づいていった。真新しいくぼみのひとつひとつに応えるようにあとを追う。街灯と街灯の切れ間、両隣の家とのあいだに私道を挟んだ一軒の民家。低い門柱の内側数メートル先に、スコップを持つ人影を見た。

「おかえりなさい」

髪や肩に積もった雪を払う。秋口に玄関ドアの前に立てかけておいたスコップが役に立っているようだ。浩二の肩にも雪が積もっていた。スコップを持つ手を数秒止めたあと、再び玄関ドアの前に積もった雪を持ち上げては放り始めた。

大粒の雪が海風に巻かれながらモルタルの壁に吹き付ける。ドアの前にあった雪は除《の》けられ、玄関前に通路ができた。バッグから取り出した鍵を手渡した。浩二がアポロキャップで、肩や背中の雪を払う。八年間ふたりのあいだに積もっていたものも、一緒に溶けてゆく。ドアが開いた。白い息をひとつ吐いて、家の中へと入った。

浩二が玄関の照明スイッチを押した。明かりはつかない。

「電気とめてるの」

家だけは浩二が再び戻ってくると信じて維持してきた。もともとは広瀬浩二の父の生家だ。ニシンでひと儲《もう》けした一族の、五代目が浩二だった。親戚縁者は事件後に地元を去っている。後妻だった母がひとりこの家に取り残されたが、心臓の発作で倒れたあとは長患いもせずに静かに逝った。

　窓から入り込む雪の明かりが家の中を青く照らしている。昼間に溜めた日差しも、真夜中まで室温を保ってはくれない。浩二が台所の食卓テーブルで向かい合わせに並ぶ四つの椅子をしばらく見下ろしたあと、長く自分の席だった窓側の椅子を引き、座った。向かい側の椅子に腰を下ろした。

「寒いでしょう」

「そうでもない」

「明日の朝いちばんで電力会社に連絡して電気を通してもらうね」

　雪明かりを背にして浩二がうなずいた。古い家は漏電による火災の危険がある。母が亡くなってからは電気を止めていた。八年のあいだに、四人いた家族のうちふたりが世を去った。父は包丁を持って息子を恫喝《どうかつ》し、揉《も》み合いになった末の失血死。母親はその四年後だった。

　ステージで名字に使っているのは、下の名前だった。浩二に呼ばれてやっと、あさひ麗香は広瀬あさひに戻ることができる。白い息がテーブルの上で絡まった。電話も電気も通っていない家は、陸にあって孤島と同じだ。ペットボトルの水が一本、台所にあった気がする。人目を避けて自宅に戻り、春と夏、秋に風を通して『ろまん座』に帰っていた。浩二が戻ったからには、帰るところはこの家だ。

浅見は「こそこそするのがいやなら、罪を償ったあとは元の場所へ戻るのがいい」と言って家を維持することを勧めてくれた。

「あさひ」、兄の声は冬の海鳴りに似ていた。ここが海の底ならば、それでもよかった。波に浮かぶ船ならばもっといい。

「手紙にも書いたとおり、お兄ちゃんが戻ったら『ろまん座』を辞める。さっき、浅見さんにもそう言ってきた」

人目を避けるために舞台に立った。自分も八年間逃げおおせた。

「けっこう快適だったよ。食べるものと寝る場所があれば、人間なんとかなるみたい」

席を立った。きしむ廊下の板を踏み、二階へ上がる。向かい合ったドアの右側、浩二の部屋に入った。室温は階下と変わらない。家の中も外も、息が白い。

浩二の部屋は、机も箪笥《たんす》もロッカーも、なにひとつ配置を変えていない。家を出る際に片付けられたままだ。布団類は階段の左側にあるあさひの部屋にまとめてあった。

兄の部屋より、自分が使っていた部屋のほうがずっと空気が澱《よど》んでいる。机と箪笥とロッカーとベッド。配置も浩二の部屋とほとんど違わないが、東側にあるせいでどの部屋よりも夜が早い。

母とふたり初めて広瀬の家にやってきたときに、義父が与えてくれた部屋だった。母は「人見知りをしない子なんです」とあさひを紹介した。幼いころは、誰とどんな距離で接するのがいいかわからなかった。誰に大切にされた記憶もない。広瀬の家は、あさひが初めて居場所を確認できたところだった。口数は少ないが勉強のできる兄ができたことを、単純に喜べるくらい子供だった。浩二の母親が子供を捨てて出て行った理由は知らない。あさひにも最初から父がいなかったので、新しい家族としての釣り合いは取れていた。

浩二が高校を卒業して札幌に部屋を借りたころから、酔っ払うと父が兄の部屋で寝るようになった。母が父のいびきで眠れないからという理由だ。

真夜中、部屋を間違ったふりの父と、つまらない言いわけと、酒臭い息と、重たい体と、痛み――。

あの日から母が話しかけてくることはほとんどなくなった。父はなに食わぬ顔で漁に出て、目減りしてゆく資産に手を打つこともしなかった。甘えの多い男が一家の主《あるじ》となったことがそもそもの間違いだった。

夫が二階で眠る日になにがあるのか、母は知っていた。男の体の重みに慣れ、ほとんど母と話さなくなってから気づいたことだ。母はこの家で暮らし続けるために娘を売った。

父の死亡が確認されたときも、母があっけなく逝った日も、少しも悲しくなかった。浩二がしなければ、いつか自分が父か母のどちらかを刺していた気がする。弁護士の言うとおり、なにもかも偶発的なできごとでしかない。父のときも母のときも、ものごとの道理を感じながら骨を拾った。不思議と、余計な人間から片付いてゆくのだ。

たったひとつの気がかりは、浩二にこの部屋であったことを知られていないかどうかだった。

母は数か月後にやってくる自分の死を予感していたのかいなかったのか、最後に会ったときに言われた言葉が耳に残っている。

「あんた、浩二が出てきたらどうするつもりなの」

無言で応えた。母が倒れた場所がこの家でなかったことが幸いだ。塩谷駅のホームで倒れた母の手にあったのは、札幌行きの切符だった。札幌のどこに向かうつもりだったのかを知る人もいなかった。みな、行きたい場所へ行ったのだ。棺《ひつぎ》に入れるころにはもう、母の行き先を知りたいと思わなくなっていた。

布団を運び、長いあいだ使われていなかった兄のベッドを整える。忘れるための努力をするよりも、思い続けていたほうが楽なこともある。

階段のきしむ音がした。父とは違う足音だった。振り向くと、浩二が部屋の入り口に立っている。かまわずシーツを張り、ありったけの布団を重ねた。

浩二がいるだけで、部屋が暖かくなったような気がする。振り向き、精いっぱい笑顔をつくる。舞台でさんざん浮かべ続けた顔だ。ベッドに腰掛ける。

「どうしてなにも喋《しゃべ》ってくれないの」

何気なくダッフルコートの、胸元の留め具をつまんだ。半分取れかかっている。

広瀬あさひに戻ったら、最初になにをしようかと思っていた。浩二も同じように、塀の中で娑婆《しゃば》の暮らしを待ち焦がれていると信じていた。

「浅見さんには、よくしてもらったと思う。手紙にも書いたけど」

「うん」

「お兄ちゃんが戻ってくるまで、ぜんぶ面倒みてもらった。この家を手放さなくて済んだのも、彼女のおかげ」

月に一通ずつ送り続けた手紙は、今どこにあるのだろう。季節のこと、健康を気遣うあれこれ。母が死んだことや、家は売らないと決めたこと。なにか読みたい本があれば言ってくれ、といった内容だ。本人よりも先に読む者がいる私信は、あたりさわりなく書くことに神経を注がねばならなかった。

浅見がいなければ、母の死亡にまつわる手続きも家の維持もできなかった。

弁護人から何度か「被害者がなぜ札幌でひとり暮らしを始めた息子の部屋を訪ねたのか」を訊ねられた。取り調べで浩二は「わからない」と言い続けた。

裁判で注目されたのは、父が先に包丁を手にしていたということだった。漁師にとっては、浜の喧嘩《けんか》で刃物片手に相手を怒鳴り伏せることなどよくある光景だ。ただ喧嘩の数は相当でも、本当に刺した話はほとんど聞かない。

口喧嘩が高じて睨み合ったのち、浩二が手刀で父親の手首を打ったまではよかったが、落ちた包丁を持ったところに父が飛びかかってきた。

『二度目の結婚を息子がよく思っていなかった。被害者が被告人の部屋を訪ねたのは、そうした家の内部の問題をふたりでよく話し合う必要を感じたからです。事件は偶発的な行動によって起きた不幸であり、被告人に殺意はありませんでした』

国選弁護人が組み立てた事件のあらましは、父親が新しい家族との仲を取り持とうとして喧嘩になった、というものだった。あさひはそのような事実を知らない。母親が広瀬の家に後添えとして入ったのは浩二が九歳、あさひが七歳のとき、事件が起きる十一年も前のことだ。家族の心のひとつひとつには思い及ばないが、浩二が新しい母親に反発していた場面など、見たことはなかった。四人のなかでいちばん優しかった兄が起こした事件は、そのまま家族の終わりを告げた。

浩二は裁判で裁かれたが、自分はどうだろうとあさひは思う。義理の兄を好いてしまった妹の思いは誰がどう裁いてくれるのか。

母の再婚は、心頼みにしていた祖父母が逝って途方にくれていたころだった。財産らしい財産もなくひとりで子供を育てることになった母にとって、浜の一軒家に後添えのくちがあったことは幸いだった。

いま、それぞれの連れ子が等しく親をなくし、冬の真夜中に向き合っている。母は夫が義理の息子の手にかかったあともこの家に住み続けた。親戚がなにを言っても頑として動こうとしなかった母の言葉すくない横顔に、表情はなかった。

育ちゆく情は老いてゆくふたりにはなんの「悪さ」もしなかったが、成長してゆく子供たちにとっては厄介なものとなった。あさひはいつか浩二とこの家を出てゆくことばかり夢にみるようになり、父が父でなくなってからはさらにその思いをつよくした。なにを失うよりも、浩二がすべてを知ることを恐れていた。

「お兄ちゃん、お腹空《なか》いてないの」

「うん」

「朝になったら、なにか買ってくるね」

ベッドから立ち上がる。一階の階段下にある納戸にしまい込んだポータブル式の石油ストーブがあったはずだ。備え付けのポット式石油ストーブは油をすべて抜いてある。電気を止め、火の元になりそうなものは家から出したが、浩二の部屋を暖めていたストーブは捨てずにおいた。

「ちょっと待ってて」

階下に下りて、すっかり渋くなっている納戸の扉を引っ張る。暗がりに手を伸ばすと、金属に触れた。丸形ストーブに付いた持ち手を探り当て、引きずりだす。持ち上げてみる。軽いが、タンクの底に抜ききれなかった油がわずかでも残っていてくれたらと思った。小一時間でも火の気があれば、二階の部屋ひとつなら暖められる。

二階へ運ぼうとしたところへ、浩二がやってきた。無言でストーブを持ち上げる。二階へ上がる浩二の後ろ姿を目で追ったあと、着火のためのライターを探した。

母は浩二の裁判が終わる前に、父が使っていたライターまで捨てた。父のものは一切家に残っていなかった。

年に一度か二度様子を見に戻っていたころ、階段には埃《ほこり》が積もり、人が上った気配もなかった。まるで最初からこの家には母しか住んでいなかったようだった。

保険金と家を手に入れた母が、五十年に満たない自分の来し方をどう考えたのかはわからなかった。

あさひはバッグの底をさらうようにかき回し、百円ライターを手に取った。ステージデビューから一年ごとにある「周年祝い」で客席に配ったものの残りだ。「あさひ麗香」と名入れがある。

二階へ駆け上がり、ストーブの芯に火を近づける。なかなか着火しない。芯を上げ下げしながら根気よく点《つ》け続けるうちに、やっと火が移った。ゆっくりと炎が円を描き、油のにおいがあたりに満ちる。部屋はほのかなオレンジ色に染まり、ストーブを挟んで向かいあうふたりの影を壁に映した。

「朝までは無理でも、ないよりいいよね」

浩二がうなずく。壁に丸めた布団に背をあずけた。ストーブに照らされた兄の顔を見る。浩二が家を出てゆくことになったきっかけは、義妹のあさひが長いこと持っていた思いを打ち明けてしまったからだろう。当時のあさひは自分の恋心だけが純粋だと信じた。

浩二は妹の気持ちに応えず、高校卒業後は札幌の大学に進んだ。父も漁師になれとは言わなかったし、母も義理の息子が家を出てゆくことに反対はしなかった。四人それぞれが自身の着地点を夢みていた。

　事件は高校卒業をひかえた一月に起きた。自宅から通うという約束で札幌の短大の試験を受けた直後のことだ。自宅からの通学など、雪を理由にすればいつでも破れる約束だった。札幌に出てさえしまえば、と思っていた。母が一度だけ「浩二のところに行くつもりか」と訊ねた。「どういう意味」と訊ね返した。それぞれの問いに答えはなく、起きてしまった惨事を思えば、母の邪推がそのまま告げ口として父に伝わったと考えても良かった。

　浩二とのあいだに親に疑われるような関係などありはしなかった。事件後、母は自分の言葉が発端だったことに気づきながら、その事実には重い蓋をした。弁護士にも義理の兄妹の関係は問われなかった。

「家族関係はうまくいっていたのかどうか」という質問には、母もあさひも浩二に倣《なら》い「わからない」「普通だったと思う」と答えた。結局父だけが兄と妹の関係に頓着《とんじゃく》していたことになり、その事実の一切は外に漏れなかった。あの日、現実は生きている人間が作るものだった。死人には真実を語る口がない。

　長く心に刺さったままの言葉を吐いた。

「わたしのせいなんだよね」

浩二は視線をストーブの明かりに向けたまま、首を横に振った。ひどく寒いが、ちいさな炎を挟んでいるだけで抱き合わずに済んでいる。つよく繋がることを望めば、浩二は再びあさひの前から姿を消してしまう気がした。同じ失敗を繰り返しはしない。


翌日あさひは、塩谷の家の電気や暖房といった住環境を整えてから札幌に戻った。三日に一度、ステージがはねたあと小樽へ帰るたび、家そのものの温度も上がっている。家に戻れない日は電話をかけた。少ない会話のほとんどが、テレビや天気、家の補修などあたりさわりのないことばかりだ。それらはみな塀の中に向けて送っていた手紙と大きな差がなかった。

大晦日《おおみそか》、ラストのステージを終えたあと急いで塩谷に戻った。できあいのおせち料理を買って簡単な年取りをする。食卓テーブルに並んだのは冷えた総菜ばかりだったが、缶ビールを一本ずつ空けながら除夜の鐘を聞いた。

両親がいたころと家具の配置も食器も変わらないが、紅白歌合戦の歌手が様変わりしていた。流行の歌も違う。そんなことを思うたび、浩二が服役していたことにこだわっているのはあさひ自身なのだと気づくことになる。

初詣に行こうと誘ってみる。なにか、新しい年に向けて踏み出す一歩が欲しかった。

「タクシー呼ぼうか」

「いや、歩いて行こう」

「三十分くらいかかるけど」

「たまには歩こう」

防寒着を着込み、古い毛糸の帽子を被った。浩二も押し入れの中から耳掛けを見つけだした。玄関を出るころは、お互いの時間がどのくらい経っているのかわからなくなった。浩二も高校時代のまま、あさひも少女のころに戻る。

街灯のある雪道をついてゆく。風のない夜だった。ひどい寒さは感じないが、思いきり息を吐くと視界が曇る。ひとときでも浩二の背中が消えぬよう、少しずつ吐きながら歩いた。

神社へ向かう人々が、つかず離れず道をゆく姿が目に入ってきた。数メートル前をゆく家族連れの、妻のほうが浩二とあさひを振り向き見て、夫になにか話しかけた。夫が足を止めずにこちらを見る。思いつきで初詣へ行こうなどと言った軽率さを悔いるが、浩二が歩みを止めることはなかった。

人波に押しだされながら引いたおみくじは、ふたりとも小吉。あさひのほうには

『願いごと　小なれば叶う』とあった。町の灯《あか》りを吸い込んだ雲を見上げ、松の木に結んだ。

帰り道、すれ違う人が途絶えたところで言ってみる。

「あと十日で、辞めるから」

うん、と短い返事が返ってくる。あとのことなどなにも考えていない。いや、と首を振った。貯めた金を使うのなら今だった。贅沢《ぜいたく》さえしなければ半年や一年は働かなくとも暮らせる蓄えがある。浩二もずっと家にこもったままでもないだろう。

あさひの脳裏に、父と母が消えた家の居心地よい光景が浮かんだ。塩谷海岸の、ニシンの産卵に煙る春の色と凪《な》いだ夏の青が眼裏ですれ違う。

もう、兄と自分のふたりしかいない。『小なれば叶う』。軽くなった身と心に、おみくじの一文が降ってくる。街灯のひとつひとつが雪の上に光をおとし、ちいさな望みを照らしていた。

年明け十日間の引退公演が始まった。初日の客入りもまずまずだった。最後の演目は今まででいちばん拍手の多かったスローバラードにした。何年踊っても、音感やリズム感に自信は持てないままだ。するりと舞台に出て、するりと脱いで袖に消える踊り子には、静かな幕引きが合っているように思えた。劇場の入り口に「あさひ麗香引退公演」の花輪が並んでいた。

「家のほうも彼のことも、見通しがたってよかったじゃないの」

事務室の肘《ひじ》掛け椅子に深く腰を下ろした浅見が煙草の煙を吐きだした。さびしくなるわ、とつぶやく唇に、責めている響きはなかった。

「まぁ、今まで貯めこんだものでしばらくはなんとかなるでしょう。この先、なにをして暮らすの」

「切り詰めながら、なにか手に職でもつけられればいいなと思って」

浅見が眉を寄せて顔を上げた。あさひは続ける。

「パン屋さんで働きながら仕事を覚えるとか、調理師の免許を取るとか。ちいさいお店でも持てるようになれたらいいなって」

「みんな、そう言って辞めていくのよ」

言葉を返すより、明日のことを考えたほうがいい。

「新人さんはいつからでしたっけ」

「次の週。何回か客席に座らせてみたけど、覚えもいいみたい。みんなが帰ったあと脱がせてみたら、平気な顔で脚を開いた。名前も決めたし、あとはちょっと楽屋のことを教えてやってくれればいいから。面倒くさいと思うけど、よろしく頼むわ」

「もう、こっちには出てきてますか」

「今、あたしの部屋で寝泊まりしてる。ご飯の支度もやりすぎず手抜きせずっていうところかな。二十歳だって。新人類かぁ。いいねぇ若いって。二か月くらいここで踊ったあとは内地の小屋も回れるようにしてもらおうと思うの。北海道から出たことないらしいけど、そのことについてはぜんぜん怖がってないみたい」

もう数日でここを去ると決めると、初めて舞台に立ったころの景色が蘇ってくる。怖さより恥ずかしさより、生きてゆくことと身を隠すことに神経を注いでいた。

事件が起きた当時、浅見と浩二は隣りの部屋に住んでいた。踊り子の人数が足りないときはまだ、舞台に立っていたころだ。

法廷で浅見は「昼時、支配人と電話で話している最中に隣室で男たちの怒鳴り合う声が聞こえた」という証言をしている。義父が激高していたことを裏付ける、重要な参考人だった。

「ぶっ殺してやる、っていう怒鳴り声のあと大きな物音がしたんです。そのあとすぐに静かになって、いやな予感がして部屋を出てみたんです」

その際彼女が見つけたのは、外階段を上ってくるあさひの姿だったが、その事実は事情聴取の際も弁護側証人として証言する際も伏せられた。

札幌のどのあたりに部屋を借りればいいのか、相談するつもりで札幌の兄を訪ねた。あさひが浩二の部屋に行くかもしれないと気づいていたのは母ぐらいだろう。まさか父が先回りしているとは思わなかった。

――ちょっと、あんた。

あさひは彼女に手招きされ、浩二の部屋の前を通り過ぎた。

――なんか、隣の様子がおかしいの。

先に呼び鈴を押したのは浅見だった。浩二のシャツが血に濡れていた。玄関に立つ浩二の様子を見て彼女は、すぐにあさひを自室へ押し込んだ。わけがわからないまま玄関ドアの向こうで浅見の押し殺した声を聞いた。

――あの子、妹さんなんでしょう。わたしがなんとかするから。早く。

はっきりと耳に入ったのはそこまでだった。浩二が近所の交番へ向かう足音を聞いてからほどなくして、救急隊員や警官が隣の部屋に押しかけた。すべての物音がなくなるまで、あさひは浅見の部屋から一歩も出なかった。

翌日には『ろまん座』の楽屋にいた。その後は学校へは行かず、出席日数ぎりぎりでの卒業となった。卒業証書が実家に送られてくるころはもう、浅見に衣装の脱ぎ方を教わっていた。

札幌から動かずに踊り続けた。いつ浩二が戻ってくるかわからない。世間から身を隠すために裸で踊る道を選んだ。劇場はいい隠れ家だった。厚い化粧をして裸になっていれば、誰も親殺しの妹と気づかない。判決は、浩二が事件後すぐに自首したことに加えて「ぶっ殺してやる」と叫んだ声が隣人広瀬浩二のものではなかった、という浅見の証言が大きく作用した。捜査の手が被告人の妹に伸びることはなかった。

浩二が戻ってきて、一週間が経っていた。穏やかな日々がやってくる。そう信じる傍ら、今を逃したらという思いを捨てられない。浅見とは何年もこんなに近くにいたのに、どうして今まで気づかなかったのだろう。

速くなる動悸と、恩人に対する残酷な心もちが近づいたり遠くなったりを繰り返す。

「浅見さん、ひとつ訊いてもいいですか」

「なぁに、改まって。どうしたの」

「兄とは、どういうつきあいだったんですか」

浅見は表情を変えず灰皿を引き寄せ、指に挟んだ煙草をもみ消した。

「どういうつきあいって、アパートの隣同士よ」

表だった関係があれば、情状証人にもなる女だ。ふたりの関係に、誰も気づかなかった。浅見の証言ひとつで、浩二の罪状も刑期も変わる。

「事件のとき、父はほかになにか叫びませんでしたか」

「ときどき、あなたの名前が聞こえた。お父さんとあなたのこと、いろいろ。誰に体を自由にされたって、気持ちの行き先なんか変わらない。そのくらいわかってるつもりよ」

だから心配しないで、と浅見が言った。

「兄と、つきあっていたんですか」

「なによ、今さら」

浅見は顔をしかめたあと「たった一回よ」とつぶやいた。

「ふたりとも酔っ払ってて、たまたま。それだけ。あなたのこともそのときに聞いた。わたしはただの通りすがり。辞める覚悟をしたのなら、面倒なことを考えるのはよしなさい。事件のことは、わたしも忘れた。彼も無事に戻ってきたんだから、もうそれでいいでしょう」

浅見のかたちよい指先に細長いメンソールが一本挟まれた。火を点《つ》ける。ちりちりと火を吸い込む煙草の先が、小刻みに震えた。煙にあずけた長いため息。浩二が父とあさひの関係を知っていたという事実が、胸に重たく沈み込んだ。

「あの子、今日は楽屋に行くように言ってあるから、よろしくお願いね」

「わかりました」

さんざん世話になったというのに今は、あと数日で彼女とも別れられることにほっとしている。なにも考えまい。

事務室を出て楽屋に戻った。引退公演にトリを取らない踊り子は『ろまん座』始まって以来だった。一時間でも早く塩谷に戻りたいという願いが中盤での登場というかたちで許された。

楽屋の隅に、一重まぶたの新人がジーンズと緑色のセーター姿で立っていた。

「麗香お姉さん、おはようございます。よろしくお願いします」

「おはよう。社長に聞いてます。見ながら覚えて、わからないところはすぐに訊いてね。そんなところにいないで、こっちにおいでよ」

「ありがとうございます」

抑揚のない話し方だった。感情が外に漏れにくい平べったい顔立ちをしている。浅見の言うとおり舞台ではいい仕事をしそうだ。どんな踊り子にも不思議とファンはつくもので、へたくそでもそれなりに、不細工ならば不細工なりに応援部隊の盛り上がりが激しい。彼女の名前を聞いていなかった。

「名前、決まったんだって。社長から聞きそびれちゃった。教えて」

「杉原麗《すぎはられい》です」

「いい名前じゃないの」

「社長さんがつけてくださったんです。麗香お姉さんの麗をいただきました」

舞台衣装は彼女に譲ることにした。知った子たちはみんな内地に出払っている。あさひ麗香の引退も、時間が経ってから知る者が多いだろう。

まだ次のステージまでは一時間半ほどあった。杉原麗と名付けられた彼女を二階に呼んで、二畳間に置かれた簡易ベッドの下から衣装箱を引き出した。

「背丈もそんなに違わないし、衣装ってわりとお下がりやアレンジで使い回せるの。買うとけっこうするのよ。わたしのは浅見さんからもらったものが多いんだけど、よかったら使ってくれないかな」

階下から大音量の歌謡曲が聞こえてくる。新年はみな明るい曲ばかりだ。杉原麗が板張りの床に膝をついたまま深々と頭を下げた。箱ごと譲った。

「使えないものは処分してかまわないから」

段ボール製の衣装箱はデニム模様だが、あちこち傷んで破れている。この箱も、浅見かその前の踊り子の持ち物だったのだろう。あるいはもっと前。

ベッドの下を覗き込んで、もうひとつ横長の平たい箱を見つけた。腕を伸ばし、箱を引き寄せる。

埃だらけの蓋を開けると、樟脳《しょうのう》のにおいが立ち上る。十八歳――浩二を追って札幌へ出ようと決意した高三の――夏に母が和装フェアで用意したものだ。高価なものではないが、一式そろっている。数少ない、母と娘らしい記憶だ。二十歳の誕生日も成人式も、どちらも舞台で過ごした。地元に戻って振り袖を着ることなど、考えられなかった。湿度の低い建物なのが幸いして、黴《かび》はないようだ。

「これ、二十歳のときに一度舞台で着たきりなの。もう着ないから、良かったら使って」

杉原麗は最初こそ戸惑っていたが、まなざしは薄いピンクに大輪の牡丹《ぼたん》が描かれた振り袖に注がれたままだ。舞台で使ったらいいと、広げた振り袖を彼女の肩にかけた。階段の降り口にある細い姿見の前に立ち、麗がため息をついた。

「ばあちゃんが見たら泣くと思います」

彼女は祖母に育てられたのだと言った。ふと、それもいいかもしれないと思った。なにもかも捨てて小屋にやってきた彼女の、一瞬の里心に触れた。

「見せてあげなさいよ。成人式って、いつだったっけ」

「今月の十五日です」

その日はもう舞台の上だ。同じ年の子たちが振り袖姿で集うころ、彼女は裸で舞台に立っている。麗は戸惑いをゆがんだ笑顔に変えた。なんていう笑いかたをする子なんだろう。

「明日にでも着せてあげる。ちゃんと髪を結って、振り袖の写真だけでも撮っておきなよ。時間をみておばあちゃんに見せに行ってあげたらいい」

思いがけずそんな思いに襲われたのは、浩二と浅見の関係がはっきりしたからでもなく、またそれが長いあいだ彼女の胸の奥に納められていたからでもない。

「麗香お姉さん、髪も着付けもできるんですか」

「八年もここにいると身を飾ることのおおかたは身につくの」

着付けの勉強をし直すのもいいかもしれない。小屋を出ていけば、道はいくつも拓《ひら》ける気がする。ふと、彼女の本名を聞いていなかったことに気づいた。

「千春です」

「いい名前じゃないの」

細い目が弧を描いた。杉原麗は二年待たずに人気が出るだろう。もうすでに、泣いても笑っても同じ顔に見えている——。

千秋楽の、最後のステージを終えたあと、広瀬あさひは静かに『ろまん座』を去った。

塩谷へ向かう列車の窓から海岸沿いの雪景色を見たとき、あさひは自分が明日の朝の食事のことしか考えていないことに気づいた。なにか手に職でも、と言ったときの決意も空を覆う厚い雲に紛れて見えなくなっている。舞台を去ることで、エネルギーを使い果たしてしまったようだった。みんなそう言って辞めていくのだと言った浅見の言葉が耳の奥で二度響く。あさひは、いや、と首を振った。

幸い駅を出ても雪は降っていなかった。雪道に足を取られながら歩いた。冷え切った肺に吐く息も白さが失われかけたころ、家の前に立った。日はとっぷりと暮れ、荒れた海からつよい風がひとつ吹き上がる。あおられて一歩、また一歩。

家の鍵は開いていたが、浩二はいなかった。近所に買い物にでも行ったのか。戻ったら一緒にお茶でも飲もうと、やかんに水を入れてガスコンロにかけた。梁《はり》の横にある時計を見る。そろそろ近くのスーパーもシャッターを下ろす時間だ。

お湯が沸いても、浩二は戻らなかった。あさひは二階の部屋をノックしてみた。返事はない。ドアを開けた。どこか整然とした気配が漂い、一瞬足を踏み入れるのをためらった。机の上に、浩二に預けた家の鍵があった。書き置きはなかった。

ストーブは消えているが、部屋はまだ暖かい。そのことが却《かえ》って、浩二を最後まで悩ませたことを物語る。今度は戻らないかもしれない。まだ近くにいるはずだと思いながら、追いかける気力が湧いてこない。見つけても、毎日同じ日々が続くに違いなかった。舞台で待ち続けたときと同じだ。

わたしはただの通りすがり。

浅見の言葉が耳奥に響く。屋根に積もった雪が軒下に落ちた。はっと顔を上げる。

あさひはまだ、明日の朝食のことを考えていた。

月見坂

四月に入って二週目の霧の夜、木村晴彦《きむらはるひこ》は簡易裁判所の窓口業務を終えて帰路についた。

通勤に使う月見坂は勾配《こうばい》がきつく、下りの際はときおり美しい月が真正面に浮かび、思わず足を止めることがあった。その空が今夜は夜霧にかすんでいる。

春先から立ちこめる霧は、ふたつ向こうの街灯を拝めないほど濃い。夏場まで数日おきか毎晩、街は霧に覆われた。海からやってくる霧は潮を含んでおり、深呼吸をすると気管がひりついた。

四月一日付の人事異動で、刑事部の訟廷《しょうてい》係から簡裁の窓口へと仕事が変わった。晴彦は四十一になる今まで、書記官の試験を受けたことがない。当然管理職へ昇進する声もかからない。俸給の打ち止めは早くに訪れるし、その中身も細々としたものだ。同じころに裁判所に入った同期たちは、電話交換手を除いてほとんどが書記官になった。役職がついた今は数年単位で晴彦の上司となって地元に戻ってくる。

管理職の同期たちはみな、二年から三年単位で人工衛星のようにぐるりと道内を回っている。地元から出ないまま二十年以上勤めている晴彦は、庁内の事情にいやでも詳しくなる。誰と誰がそりが合わぬとか、誰と誰が結婚を前提につきあっているとか、別れたとかよりを戻したとか。現時点で発言力のある管理職は誰か、ということまで。

管外からこの街に転勤してくる管理職の人間は、赴任してくるとまず木村晴彦から情報を聞きだそうとするので、この時期は仕事以外の飲み会が週に一、二度ある。みんな毎年のように職場の人間関係で心を煩わせている。

仕事が巧《うま》くゆくもゆかぬも、最初が肝心だ。晴彦は自尊心や虚栄心を元手に試験勉強をするのが面倒で、気づくと四十になっていた。結婚にしても似たようなもので、気楽な独り者もここまで長くなるとそれほど不便に思わなくなっている。

霧に湿りながら坂を下りて、五分ほど歩くと二階建て六戸入りのアパートが見えてくる。一階の左端が晴彦の住まいだった。

五年前に父を亡くし、七十八になる母の照子《てるこ》と同居を始めた。順番として兄のところに厄介になる予定だったが、母は気の強い兄嫁とのそりが合わなかった。加えてひとつ上の姉も幼いころから母親を嫌っていたので、残るは独り者の次男坊というわけだ。

独り暮らしの長い晴彦が、健康管理を頼むと呼び寄せたとき、母は「最初からお前のところに行くつもりだった」と言った。

「ただいま」

玄関に入ると、すぐに母親が出てくる。飲み会のない日はほとんど同時刻に帰宅するので、温かい夕飯が食べられた。なににつけ口うるさい母親だがもともと面倒見は悪くないので、毎月決まった生活費に少し上乗せした額を渡しておけば、おおむね暮らしは安定していた。母親に食事の一切を任せていたほうが、外食よりも安上がりというのは晴彦にとっても意外だった。

「さ、早くご飯を食べなさい。味噌汁は温め直すと味が落ちるから」

千切り大根としらすのサラダ、カレイの煮付け、大根おろし、大根の味噌汁がダイニングテーブルに並んでいる。

「大根のフルコースかい」

「文句言わずに食べなさいよ」

「文句なんか言ってないさ」

部屋着にしているジャージに着替え、食卓に着く。母と向き合い、手を合わせれば夕飯が始まる。食事のあいだ中、母から一日の報告を聞くことにも慣れた。つけっぱなしのテレビのニュース番組に意識が向いているので、ほとんどが聞き流している状態だが、ときどき相づちを打っていれば母は満足するようだ。

東京発信のニュースは景気の良さばかりを伝えてくるが、北海道の外れで慎《つつ》ましく暮らす公務員にはなんの恩恵もない。母と晴彦の生活は同じことの繰り返しで安定している。

「晴ちゃん、ちょっと聞いてちょうだいよ。マルコメスーパーの大根、二本のうち一本が頭から根っこまで空洞。頭にきたからさっき電話しておいたんだよ」

母の一日の報告は、おおかたが不満と文句だった。

根菜や牛乳、ペットボトルや缶ビールなどの重たいものはスーパーの宅配サービスを利用しているという。利用回数が多いぶん、母の文句の半分以上はこのスーパーに対するものだ。

玄関の呼び鈴が鳴った。母の表情がさっと明るくなる。箸を置いて「きたきた」と嬉《うれ》しそうにつぶやきながら玄関へ出ていった。やってきたのはスーパーの配達係のようだ。母と暮らすようになってから、なにかと謝罪をする人間を多く見るようになった。買い物で気に入らないことがあれば必ず店に電話を入れる。店の対応が悪ければ新聞社に電話をかける。新聞社も読者の声を反映する欄を設けているので、実名は伏せつつもそれとなくわかるように紹介する。新聞に載ってから、急いでやってくるという経営者も二度見た。けれど、晴彦が母の唯一の趣味をいさめることはない。

自身も窓口業務で苦情や相談を受ける仕事をしている。相談内容は窓口業務をするには個人的になんの関係もない話ばかりだ。親戚同士の諍《いさか》いを延々二時間聞き続けることもある。相談者の言うことを否定せずひたすら聞く。聞くことが仕事のひとつなのだから、と割り切っている。

母に頭を下げるスーパーの店長や、箱の渡し方がぞんざいだと言って呼びつけられる運送会社の責任者も、みんな同じなのだ。自分の失敗でもないことについて、平身低頭詫《わ》び続ける。仕事のひとつなのだから、己の心が痛むことはない。

母が台所へ戻ってきて、菜切り包丁を持って玄関に向かう。なにをするつもりか。

晴彦は箸を持つ手を止めた。

「かあさん、なにするの」

「大根、また中身がぼそぼそだったらたまらんから、目の前で切って見せる。それがいちばん手っ取り早いもの」

母の様子に多少うんざりしながら、そこまでする必要はないと止めもしない。持ってきた大根は、二本のうち一本がまた傷んでいたようだ。

晴彦が玄関に出たのは、その後の配達係と母のやりとりが二十分を超えたころだった。煮付けもサラダもすべて食べ終えた。母のぶんは食卓で冷えている。

「もういいでしょう、かあさん」

玄関に出てみると、作業着姿の若い女が晴彦を見て深々と頭を下げた。化粧っ気のない顔はこれといった特徴もない。表情に乏しい目元、口元。細い体だが、作業着の胸のあたりで留めたボタンがはちきれそうになっており、そこだけ妙に目を引いた。

「ご苦労様です。すみませんね」

声をかけると、女は晴彦に一瞬すがるような視線を向けた。母が菜切り包丁を片手にこちらを見上げる。

「玄関で刃物を持つのはやめてください。物騒ですよ」

晴彦は自分が母の機嫌よりも配達係の女を選んだことを嗤《わら》っていた。

三十代のころはまだ、いい雰囲気になった女もひとりかふたりいたはずだが、どれも長くは続かなかった。どうやら自分は己が思う以上に「つまらない男」なのだと自覚したころに母親が転がり込んできたのだった。母と暮らすようになってから、晴彦の周りには女っ気がなくなった。

配達係は晴彦を見上げたあと、深々と頭を下げた。そのまま玄関にいると、何度も頭を下げられそうだ。表情が乏しいわりに、おかしなひたむきさがある。職場でもこの手の女は、真面目だが視界が妙に狭い。もっとも、晴彦自身も他人の視界がどうのと言えるほど人間が好きなわけではない。他人と関わることが好きではないからこそ、どんな相談でも右から左へと聞き流すことができる。

母の手にあった菜切り包丁を受け取り、台所へ置きに戻る。配達係はほどなく玄関から去った。息子がクレームを止めに入ったことについて、照子はなにも言わなかった。冷えた晩ご飯を黙々と食べ、洗い物を済ませた。

晴彦がひと風呂浴びて六畳間の寝室に入るころ、母はテレビの前でバラエティ番組を見ていた。茶の間を隔てて向かい側にある四畳半が母の寝室だが、眠たくなる前に布団に入ると棺桶《かんおけ》の中にいるようでいやだと言う。「棺桶はひょろ長いでしょう」と言えば「狭いという点では同じ」と返す。母には母の、動かしがたい理屈と思考の方向があるらしい。

晴彦は高校を卒業してすぐに勤め始めたので、同じ場所でもう二十年以上働いている。長い役所勤めが晴彦を表向き温厚な性質に見せてくれていることも知っている。狭い社会では、無関心が温厚へと姿を変えた。

布団に寝転び読みかけの推理小説を開いた。枕元に置いた電気スタンドにうっすらと埃が積もっていた。気づいてから拭き取るまで、また何日も何週間もかかる。こんなふうに毎日、埃ほどのちいさな不満が積もってゆくのが生活の本質だということも、長く相談される側にいればわかってくる。

母を見ていると、毎日毎日よくもあれほど不満ばかりをため込めるものだと感心する。感心する一方で疎ましく思い、疎ましさと同じだけの無関心も積もってゆく。晴彦が母の性分に無関心でいる限り、この生活を続けることができるのだった。


簡裁の窓口にやってきた女がスーパーの配達係だと気づいたのは、大型連休が終わった五月の半ばのことだった。作業着姿のときは結わえていた髪を、今日は肩に垂らしており、服装もシャツにジーンズという姿だ。ただ、表情が乏しいのは変わらない。薄く塗った口紅が、ひと月前の玄関ではわからなかった色の白さを引き立てていた。

窓口で軽く腰を折り、彼女が言った。

「すみません、自分以外の人間がカードを使ってお金を借りてしまった場合、どうしたらいいんでしょうか」

「カードはご自分のもので、実際に借りたのは別のひとということですね」

「そうです」

「カードを盗まれた場合は窃盗事件ですので、相談先が異なるんですが」

女は視線をカウンターの上に落とし、盗まれたというわけではないのだと言った。

「買い物があるというので貸したら、限度額を借りてしまっていたんです」

つまりはカードを貸し借りできる間柄だったということだ。その相手が誰であれ、関係性から考えてみても貸した側の責任を問われる案件に違いない。

「弁護士へ相談されるという方法もあります。裁判所での手続き等に関しては、そのあとからになるんです」

通り一遍の説明をしたが、心もちが少しばかり揺れていた。数ある相談のうちのひとつに変わりはないのだが、この女が先日自分の母親に八つ当たりのような責め言葉を放られていたのが、晴彦の負い目になっている。

「貸した相手はどういうご関係ですか」

女は少し目を伏せたあと、母親だと告げた。カードの借り入れ限度額は三十万円だという。母親は娘のカードから引き出した金を持って出奔《しゅっぽん》した。ひと月近く前のことだった。どこに相談する場所もなく、思いあまって裁判所の窓口へやってきたという。間違ってはいないが、最適でもないだろう。この場合、職員が相談先を指図したという図式を作らないことが大切だった。どんな相談者に対しても「ここへ行け」とは決して言わない。あくまでも本人が自分の意思で行くことが大切なのだった。

　晴彦はデスクマットに挟んだ「法の日週間」の無料法律相談の場所と日付をメモして、カウンターの向こうへと滑らせた。三日後に市役所ロビーで行われる。運良く今回はカードと消費者金融に明るい女性弁護士が担当だ。

　三十万円の限度額でうろたえている女に、弁護士に相談料五千円を支払っての面会はかなりの負担に違いない。カード会社との話し合いで、長期でも少額利息返済まで持ち込めれば御《おん》の字というところだ。カードを貸した責任は大きい。持ち主はよほどの事情がない限り、どこまでいっても支払いの義務が残る。

「こういう催しもあります。無料だからといっておざなりということはありません」

　女は晴彦に渡されたメモを大事そうに持ち、深々と頭を下げた。おそらく相談に行くだろうという気配をその仕草から感じ取る。

　気の短い相談者はこの場で結論が出ないことに腹を立てる。それでも窓口係は冷静に対応する。女の態度は素直で潔く、毎日何人も訪れる相談者のなかにあって、静かに晴彦の記憶に残り続ける予感がした。

　三日後の相談日、女が現れたのは閉会ぎりぎりの時刻だった。配達用の作業服姿だ。肩で息をしながら受付の女性事務官に遅れたことを詫び、「まだいいでしょうか」と訊ねている。事務官が腕時計を見たあと、帰り支度を始めていた弁護士に取り次いだ。女は晴彦には気づかない様子で相談ブースに入った。

まったく違う場所で、同じ人間を三度見る。それが果たして心を寄せる理由になるのかどうか、女の華奢《きゃしゃ》な背中を見ながら考えた。見慣れた景色の一角に彼女がいる。実に久しぶりの華やかな心もちだ。

その夜、豚の生姜《しょうが》焼きをつまみながら母にマルコメの配達係について訊ねた。

「塚本千春って名前だよ。胸に名札付けてた。とにかく愛想のない子でねぇ。やたらと腰は低いんだけど、誠意が伝わってこないのよ。あんた、あんな女が趣味なのかい」

「いや、気の毒だと思うだけだよ。クレームもいいけど、あんまり度重なるとスーパーのブラックリストに載っちゃうからね。かあさんも気をつけてよ」

おそらく母はもう、あちこちで要注意人物として警戒されているだろう。近所で自分たち親子がどのように見られているのか、晴彦も気付いている。

二階に住む子供たちの走り回る足音がうるさいと言って騒ぎ、一家を引っ越しまで追い込んだのは去年のことだ。回覧板を届けにきた隣の子供に、お駄賃代わりに渡した珍味が翌日のゴミステーションに捨てられていたことは記憶に新しい。いったいどういうつもりかと腹を立てている母に、晴彦はなにも言わなかった。賞味期限がとうに切れていたことは、母も知っていたはずだ。

母は自分たちが不要なものは他人もまた不要という単純なことに気づけない。本人の内側で親切として立ち上がっている感情を、親子喧嘩までして折ったり切ったりしたいと思わなかった。母の言動に対して晴彦がもの申したのは大根の一件と今日だけだった。

「なんだいブラックリストって。わたしは当然のことを言ってるだけでしょう。傷もので金を取るほうが間違ってる。そんなことをしていたら評判が落ちるのは店のほうじゃないか。わたしのやってることは人助けだよ」

玄関で頭を下げ続ける配達係の屈辱など、母の言う人助けの前ではちいさなことなのだろう。窓口業務をやっていると、実にさまざまな人間が訪れる。言いがかりもお門違いも、明らかな間違いも八つ当たりも、晴彦はどれも仕事と割り切ってそれぞれの言葉を流してゆく。

塚本千春だけに同情を覚えるのは、晴彦にとっても意外なことだった。

「とにかく、なんでもかんでも文句を言えばいいってものでもないんだよ」

二階の一家を半ば追い出すように引っ越させてから、あきらかに近隣とのつきあいが変化しただろうと言うと、表情がみるみるうちに強《こわ》ばった。つり上がった目で晴彦を見る。母が味噌汁を半分残して食器を片付け始めた。

湯船に体を沈めていると、長かったアパート暮らしもそろそろ終わりかなと思えてきた。

家に戻っても壁を隔てて職場の人間がいることが面倒で、宿舎を希望したことがなかった。しかし母がこのようなことでは却って、数年で住人の入れ替わりがあるほうが都合いいかもしれない。老いて病気のひとつもすれば、どうしたって気弱になってゆくだろう。

それに、と晴彦はまた塚本千春を思い浮かべる。華奢な体に豊かな胸を持つ女のことを思うと、体の芯がそわそわして落ち着かなかった。いったい次はいつ会えるのか。考えていると余計落ち着かない。会ったところで、その先に落胆があるのなら会わぬほうがいい。今まで、さまざまな思いにはそうやって蓋をしてきた。

しかし晴彦よりもずっと若いはずなのに、塚本千春に対しては気後れを感じることがなかった。次に会ったときにはどうにかできるのでは、という微かな期待を捨てきれない。彼女には男に「このくらいなら」という気持ちを許す、ある種のだらしなさがあった。体の中心を熱いものが通り過ぎた。湯の中でゆらりと持ち上がった欲望をもてあまし、目を瞑った。

晴彦が四度目に塚本千春に会ったのは、無料法律相談の日から半月ほど経った日の自宅でだった。狭い玄関に履き古した女物のスニーカーがそろえてあるのを見て、出迎えた母に誰が来ているのかと訊ねる。母がにやりと笑いながら小声で「あの子」と言った。

晴彦が部屋に入ると、椅子から立ち上がった千春が深々と頭を下げた。今日はジーンズの上に首の伸びたトレーナーという服装だ。母がちらし寿司の入った桶をテーブルに置きながら得意げな顔をする。

「いつも文句ばっかり言ってるから、今日は罪ほろぼし。千春ちゃん、たくさん食べていってね」

いつの間にか「千春ちゃん」になっている。母はいったいどうやって彼女を家に上げる算段をしたのだろう。晴彦は母の作戦を疎ましく思うより先に、再び彼女に会えたことを喜んでいた。

平静を装いながら挨拶を交わす。晴彦が弁護士の名前を出して「どうでしたか」と訊ねると、彼女は初めて驚いた顔をした。三度も同じ場所にいながら、塚本千春はこちらの顔を覚えていなかった。ぼんやりとした気配やどこかすっぽりと抜け落ちた警戒心が男の気持ちを揺り動かす。若さでも無邪気でもない、これは隙だ。

「毎月、一万円ずつ利息も最小限で返済することになりました」

「いいところかもしれません」

「二年半もかかってしまいますけど」

「無理はしないほうがいい。なにがあるかわかりませんから」

母がふたりの立ち話に割って入った。

「そうなの、千春ちゃん大変だったのよねぇ。世の中にはとんでもない母親がいるもんだわ。裁判所に相談に行ったって聞いて、もしかしたらうちの息子かもしれないって話していたところだったの。やっぱりそうだった」

多少のわざとらしさは目を瞑ろう。母親がこんなに喜ぶところを、晴彦は久しぶりに見た。

郊外型スーパーのテナントで栗《くり》おこわを買った際に、髪の毛が一本入っていたときのクレーム以来ではないか。夜中に蒸したてのおこわ三種類と五千円ぶんの商品券を前にした母は、とても嬉しそうだった。

塚本千春、二十二歳、生まれは道央。肉親を頼ってやってきた街で、勝手にカードを使われて借金。

まんまと母の策略にはまり、あれこれと答える千春を眺めながら食事をした。浮いたり沈んだりといった心の動きなど、もう自分にとっては疎ましいだけだ。なのになぜ、と千春を窺い見る。晴彦には、自分がこの女を哀れんだり会えたことを喜んだりしていることが何よりおかしいのだ。

その夜は母がほとんどの話題を引き受け、晴彦の幼いころの話から父親を亡くしたあとの苦労話、果ては兄や姉がいかに母親や晴彦に冷たいかをけれんたっぷりに話して聞かせた。どの話も母に都合よく練り直されており、視点を変えればなんでも美談というのは本当だと晴彦も舌を巻いた。


夏は三人でドライブに出かけ、母は盆の墓参りや日帰りの温泉にまで千春を誘った。親のお膳立てという歯がゆさを残しながら、晴彦はときおり見せる千春の笑顔に息を詰める。ふとした瞬間に、笑っているはずの表情が泣き顔に見えた。それまでいったいどんな暮らしをしていたのかを想像するたびに、彼女に対する愛しさが増すのだった。

秋の風が吹いても、千春の母親から連絡はなかった。聞けば今までもそんな暮らしだったという。母と娘が同じ家に暮らすのは彼女が生まれてから何年もなかったことと聞いた。

なかなか進展しないふたりの関係に苛立ったものか気を利かせたものか、母が秋の町内旅行会に参加すると言いだした。一泊二日の知床《しれとこ》旅行だという。

「どうせ年寄りばかりだけど、たまにはいいんじゃないかと思ってさ」

母は土曜の朝、機嫌よく出かけていった。帰ればまたしばらくのあいだ近隣の噂話と悪口を聞かされるのだが、それも千春とふたりきりで過ごす週末の前でなら笑い飛ばせそうだ。

仕事を終えた千春と、ホテルの最上階にある中華レストランに入った。母がいてはできない話がまだたくさん残っている。四十を過ぎた男にとって、結婚は一大事だ。相手がまだ二十二となれば、なおのこと。今までは母の策略にのっていれば良かったが、いつまでもそういうわけにもいかない。千春が見かけどおりの愚鈍さだけで母にのせられているのかどうか、確かめたいという気持ちもある。週末のレストランは旅の客や夜景を楽しむ二人連れで八割がた席が埋まっていた。親子連れが少ないのはありがたかった。ともかく、晴彦は今後のことを決める日として母のいない夜を選んだ。

あの母がいては、自分と結婚する女などいないと思っていた。長らく閉めきっていた蓋を開く夜だ。女の態度で受ける傷は、若いころの比ではないことにも気づいている。

晴彦の背を押しているのは、春から宿舎に入居できるという報《しら》せだった。今よりずっと広い、家族向けの公務員宿舎だ。築年数は古いが、一階と五階の二戸が空くという。一階と五階では湿気が違うと聞いた。晴彦は五階を希望し、母にはそこしかなかったと告げた。階段の上り下りがきつそうだ、と漏らしていたが間取りを聞いて喜んでいる。

晴彦は、母を五階に住まわせるのは無理だと思う。ころの良いときに、母のために近くに安いアパートを借りることまで念頭に置いていた。千春とふたりで暮らすためだ。今夜は晴彦にとっても正念場だった。

照明を落とし気味にした窓際の席で、紹興酒《しょうこうしゅ》を飲みながら次々に運ばれてくる料理を口に運んだ。雪の少ない乾いた港町にちりちりと夜景が瞬いていた。晴彦はなにかひとつ考えるたびに、大人の分別という言葉を枕においた。今まで関係を焦らなかったのも大人の分別。今夜、結婚という話に進展しなければ、母親を大事に思っての大人の分別。うまく彼女を抱けなかったときも、おそらく年若い女を思っての分別にしてしまうだろう。そうやって生きてきた。これからも同じように歩くだけだ。

夜景の途切れるところをしばらく眺め、紹興酒を飲み干した。さぁ、と胸奥でなにかに急《せ》かされている。千春が晴彦のグラスに酒を注いだ。家で食事をする際に、何度かそんな場面もあったはずだが、照明のせいか今日はやけに手慣れたふうに見えた。

わずかに気持ちが下がったものの、そこは問うまいと決めた。水商売に入ったことがあっても、その水に馴染《なじ》んだのならば今さらスーパーの配達係などするわけがない。母親に三十万円持ち逃げされて、裁判所の窓口にやってくるわけがないのだと言い聞かせる。

「ここ、けっこうおいしいね。評判は良かったんだけど、なかなか機会がなくて」

「ありがとうございます」

千春も、いつもより朗らかだ。三人でいるときはほとんど母がひとりで喋っている。いつも千春の家庭の事情をあけすけな言葉で訊ねては、訊いてもいない感想を述べることの繰り返しだった。やはり母が元気なうちは、同居はやめたほうがいいだろう。

千春の母親が放蕩《ほうとう》者だということは承知の上だ。親類縁者が現れたとしても、その面倒に関しては晴彦の知識と弁で何とかなるだろう。感情的にならぬのがいちばんだ。現に、兄も姉も晴彦が母を引き取って一銭も要求しないことに引け目を感じて近寄ろうとしない。母と晴彦が仲違《なかたが》いでもしたら、すぐさま自分たちに火の粉が降りかかることを恐れて、じっと身を潜めている。晴彦が理屈を詰めて話し始めたら、現在の均衡は簡単に失われる。兄と姉には、母がアパートを借りるときに多少の援助をさせるつもりだった。

今のところ千春のことで気になる人間がいるとすれば、金を持って逃げた母親くらいだ。デザートのマンゴープリンが出てきたところで、晴彦は「結婚を考えています」と打ち明けた。

「わたしでいいんでしょうか」

「もちろん、すぐに返事をくれとは言わないけれど。よいお返事をいただけたら、住むところも替えて、春には一緒に暮らせるようにします」

千春は瞳に不安げな色を浮かべながら「ありがとうございます」と返してきた。諸手《もろて》を挙げて喜んでほしいとは思わないが、千春の困惑はあきらかで、そのせいか晴彦は女の真意をつかめないままどんどん饒舌《じょうぜつ》になっていった。正念場の夜が、さらに色濃く窓辺に横たわっている。焦らぬつもりの関係も、今すぐ深めなくてはならぬような、そんな思いに襲われた。

晴彦はその夜、初めて彼女を抱いた。

千春の体は、夜景の底に忍び込むような暗さをたたえていた。どんどん沈んでゆく男の体を、細い胴が受け止める。行き止まりに向かって体を進めると、豊かな胸が上下して思わず手を伸ばした。体を繋げると昼間漂う愚鈍な気配はかき消えて、気を許すと晴彦だけが天に駆け上がってしまいそうだ。千春の体に覚えた快楽は晴彦の予想をはるかに超えていた。じわじわと締め付けられているうちに、彼女の名前を呼んでいる。図らずも漏らしたため息に、女の慎ましやかなあえぎが混じる。男に馴染んだ体ではないが、特別に初々しいともいえない。体の先端に、何枚もの扉があるような不思議な感触が伝わりくる。

晴彦は転がり落ちてゆく急な坂で、なにをおいても毎夜この体に埋もれたいと思った。

年明け、兄と姉には電話で入籍の報告を済ませた。三月末に引っ越しを予定しているので派手なお披露目はしないと言うと、ふたりともほとんど変わらぬ安堵の気配を漂わせた。どんな女なのかと訊ねたのは姉のほうだった。母と巧くやってくれそうだと言うと口調が変わった。

「そんな人いるわけないでしょう。あのひとと上手につきあえる二十代の子なんて」

姉はそこまで言うと口をつぐんだ。晴彦も黙った。「ろくなもんじゃないわよ」という音にならぬ言葉を挟み、受話器の向こうと睨み合っている。母親をあのひとと呼べるくらいに遠い場所に置ける姉を、晴彦は羨《うらや》ましく思う。けれど、その生活にも必ずほころびは生まれ、みな等しい正と負を抱えるのだ。姉は母とも巧くつきあうことができなかったし、姑《しゅうとめ》とも同じく問題を抱えている。いつも年寄りのことで頭を悩ませている。結局捨てたものに煩わされては、時間を無駄に過ごしている。

姉に比べて兄はあっさりとしたものだった。晴彦がなにか言う前に、多少生活は苦しくても母親とは別居するようにと勧めた。

「動けるうちは、自分のことは自分でさせたほうがいいんだよ。同居するって言ったときは、半分俺たちへのあてこすりだと思ったけど、正直ほっとしてた。お前がいちばん可愛がられて育ったし、持ちつ持たれつなところもあるだろうって思ったし。けど、嫁さんをもらったとなれば話は別だろう。アパート代を援助するくらいは考えてるから。とにかく、かあさんとは少し距離を置けよ」

「わかった、考えておくよ」

兄が本気で晴彦の新しい生活を心配してくれていることがわかり、勇む気持ちが緩んだ。同じ兄姉でこうも態度が違うものかと驚きながら、やはり長兄というのは生まれた順番が先だけのことはあると感心してもいた。

お披露目というほどではないが、引っ越しが落ち着いたら、連休を利用して挨拶に行くと伝えると、兄は本気か冗談かわからぬくらいの口調で「母親は置いてこいよ」と笑い、そのあと「とにかくおめでとう」と言った。

話し合った末、千春の仕事はシフトを緩めてもらいつつ続けることになった。カード会社への支払いもあるし、母親と四六時中同じ家にいるのはかなりの負担と考えてのことだった。千春には、家の中のことは母に任せて、朝から晩まで礼を言いながら暮らせばいいのだと言い含めた。

細かな雪がちらつく日曜日、晴彦は千春のアパートまで荷物を取りに行った。八畳ひと間に台所がついているだけの、狭い部屋だった。ここに転がり込んで、娘のカードから限度額を借りて姿をくらました母親の、その後を考えてみる。理由はギャンブルか男か。突然現れたとしても、自分たちの負担にしない方法をいくつか用意しておけば問題ない。

千春は驚くほど持ち物の少ない女だった。紙袋に詰められた衣類や細々とした小物類、そこは暮らしの場所というよりは落ち着かぬ仮の宿だった。

ふたりきりになると、晴彦は矢も楯《たて》もたまらず千春の体に埋もれたくなる。荷物を寄せる腰に抱きつき、欲望を告げた。千春も拒まない。ふたりきりでいられる貴重な時間を得るたびにまた、重く暗い夜景の底へと飛び込みたくなる。そして上りつめたあとふと我に返り、母との同居が続けば欲望もままならない生活になることを思うのだった。

同居を始めて半月が過ぎた。今のところ、なんの問題も起きていない。気をつけて見ていると、姑との関係も、千春が一方的に言うことを聞いているという感じだ。

年明けからシフトを緩めてもらった配達の仕事だったが、千春がアイスバーンの道で軽トラのハンドルを握っていると思うと、晴彦の心配は尽きない。内勤に空きが出たらそちらへ異動させてもらうという話はあるが、もう少し先のようだ。

晴彦がこうしたほうがいいのでは、と言うとき千春は否定しなかった。極端に「でも」と「だって」が少ない女だと気づいてからは、却って指図する言葉が減ったように思う。

その日午後八時に仕事が終わる千春を、晴彦が職場まで迎えに行くことになっていた。正月の餅《もち》が残っており、今日は雑煮だ。

千春を迎えにゆく夜は、晴彦も少々落ち着かない。妻の体に手を伸ばす場所をどこにしようかと、車通りの少ない場所をあれこれと思い巡らせているうちに、時間が過ぎてゆく。そわそわと落ち着かない息子の様子を母がどう思っているかなどに、この日だけは思いをはせる余裕がなかった。

「餅は勝手に焼いて食べてちょうだいね。またふたりで、どこぞに寄り道でもしてくるんだろうから、わたしは先に休ませてもらうよ」

撚《よ》り合わせた欲望の糸が一本切れる。先週、すぐに戻ると言って千春を迎えに出たが、家に帰ったのは十時過ぎ。問い詰められるということはなかったけれど、あの日からなんとなく母の態度に棘《とげ》が混じるようになっている。

晴彦は「おや」と首を傾げ、この心もちを確認する。家に戻る前に千春の体に埋もれたいと思う気持ちを見透かされていることには、特別恥じることもなかった。ただ、胸の奥の奥、普段ならば気づかぬほどのちいさな棘がこのとき急に太くなった。

職場で晴彦が結婚を報告した先は数えるほどしかないはずなのに、いつのまにかひとまわり以上も年若い女を嫁にしたという噂が庁内に広がっていた。噂の裏側に、千春の容姿がおもしろおかしく挟み込まれている。気にすることはない。己に何度も言い聞かせた。なのに、母の言葉によってひとつひとつが回り灯籠《どうろう》のように光を放ち影を作った。

どこぞに寄り道。

胸のでっかい嫁。

若い女。

晴彦は苛立った。母の嫌味によって、棘も切れた糸もどんどん太くなってゆく。母親に若い女をあてがわれたという、今まで蓋をしていられた穴に思いがけず足を滑らせた。

涼しい顔で雑煮を食べている母を見た。積もりに積もった疎ましさがひょっこりと顔を出す。この先ずっと、母に恩着せがましい言葉を吐かれる生活を思い浮かべた。

入籍をしてからの母は、掃除ひとつとっても自分の小間使いのように千春を使う。五階の上り下りが大変だったら近くにアパートを借りると言った晴彦に、涼しい顔で「無駄なお金は使わずに、一緒に暮らそう」と言う。孫が生まれたら、面倒を見なくちゃいけないと言う。

「階段の上り下りは、いい体力づくりになるねぇ」という言葉が通り過ぎる。

入籍の当日に、早く孫の顔をと笑った顔が、晴彦の脳裏でぐるぐると回り始めた。このままでは、すべて母の都合のいい方向へと歩かねばならない。

どうして今まで――。

どうして今までこの母と一緒にいられたのか、自分でもよくわからなくなった。兄や姉が母に取る態度が、急に正しいことのように思えてくる。いや、まて。晴彦は早くこの、よくない思いから逃れようと電話台の上に置かれた車の鍵を手にした。振り向く。ドアノブに手をかけたときだった。背後で空気が掠《かす》れるような音がした。

箸を持ったまま、母が両手で喉《のど》をおさえていた。みるみるその顔が赤黒くなってゆく。こめかみの血管が浮き上がる。充血した瞳が晴彦に向けられた。喉から外した左手が、宙を掻《か》く。晴彦の助けを求めて立ち上がろうとする体が、床に転がった。

胸奥で、まだ回り灯籠がくるくると影絵を映していた。

影絵は、今を通過して明日を映し始める。冬場、餅を喉に詰まらせて死亡する老人は毎年何人もいる。それが我が家に起こったとして誰が疑問に思うだろう。晴彦は、床で足をばたつかせてうめく母に背を向けた。あとはもう、急いで車に乗り込めばいい。

自分はなにもしていない——。

ドアノブを回す。背後で椅子を蹴る音。母の両脚がばたつく気配。このまま外に出てしまえばいいのだ。

このまま外に、出てしまえ——。

ノブを握る手から力が抜けた。鼻先に雑煮の出汁《だし》のにおい。子供のころから食べてきた、母の雑煮だ。晴彦は一瞬か数時間か、わからぬほど長い迷いを経て母に駆け寄った。赤黒くなった顔を下に向け、力いっぱい背を叩く。二度、三度。床に親指大の餅が転がり落ちた。気管を鳴らして上下する背中をさすった。一分ほどそうしていると、母がまだ整わぬ呼吸のなか「死ぬかと思った」とつぶやいた。

千春を迎えにゆくために、外に出た。晴彦は、耳鳴りが起きそうな寒さのなか、夜空を振り仰ぐ。自分がなにかとてつもない失敗をしたような気がして、星々に目をこらす。これでいいのだと思ったり、惜しいことをしたと悔やんだり。それでも、これから先あまり代わりばえのしない生活が続くことについて、大きな落胆はなかった。

空気が澄んだ冬の空に、坂の途中で見てきた欠け始めの月が青く冷たく光っている。

トリコロール

夫の和雄《かずお》の肩や胸に塩をふりかけた。喪服にぶつかり白い粒が跳ねて三和土《たたき》に落ちる。

桐子《きりこ》に礼も言わず、和雄はさっさと靴を脱ぎ階段を上っていった。かがんで洗面器の水で手を清める。二月の冷水につけた指先から肘《ひじ》まで、痺《しび》れに似た痛みが走った。この痛みがあるたびに冬を実感して、理容師の仕事をあと何年続けられるか考えてしまう。中学を出てから同じ理髪店に弟子入りして、所帯を持ち二十五年が経った。

人口二万人足らずの港町だった。街の端から端まで歩くあいだ、四つ角に一軒ずつ床屋のサインポールがある。赤と白と青の帯がらせんを描きながら、毎日飽きもせずにくるくると回り続けている。床屋は毎朝決まった時刻になると、延々と色を送り続けるサインポールにスイッチを入れる。進んでいるようで進まない。店先でらせんを回し続けるサインポールを見ていると、桐子は自分が送ってきたこの街での暮らしのようだと思う。

元号が昭和から平成になっても、街と人は変わらなかった。

客はみな古くからの馴染みと縁戚ばかりなので、どこも高齢化は進んでいるがお互いに食いっぱぐれはない。ひとり息子の高雄《たかお》は高校を卒業して街を離れたが、子供が家業を継がないのはいずこも同じだ。

十年かけて覚えた腕で、五十になっても食べていける。食べる以上のことを欲しないのは、こんな生活が自分たちだけではないことを知っているからだった。

桐子は塩が残る小皿と洗面器を持ち上げ、二階へ向かって声を張り上げた。

「おとうさん、脱いだものちゃんとハンガーに掛けといてちょうだいよ」

和雄からの返事はない。おそらく喪服を梁《はり》に並ぶカギフックにぶら下げて、そのままベッドに横になっているのだろう。茶の間に入って、ストーブの目盛りを上げた。数秒で、ポット式石油ストーブの小窓からオレンジ色の火が立ち上がる。

蛍光灯をつけないまま、ストーブの炎を見ていた。和雄の不機嫌は毎度のことだが、ほとんど口をきかなくなったのは三日前だった。朝、桐子が開店の準備をしている際にふたりの師匠である岡田善造《おかだぜんぞう》の危篤の報せが入った。電話を取ったのは和雄だ。ふたりで病院へ急いだが、病室にはすでに子供やその配偶者たちが駆けつけていた。

街では岡田善造の弟子というだけで、身についた技術への信頼を得られる。街の人格者は、店を子供に任せたあと調停委員をして過ごし、七十八歳の生を閉じた。亡骸《なきがら》はまるで骨と皮だったが、最後まで意識があったのでこんなに急なことになるとは誰も思っていなかったという。通夜は市長を始め街の名士たちが訪れ、誰もが岡田の死を悼《いた》んでいた。

和雄は店を開けているあいだも、ほとんど口をきかなかった。いつものことだけれど、ここ三日間の沈黙には理由がある。桐子の気持ちを重たくしてゆくのは、深く暗い夫の心の内だ。

将来自分の店を持つのならば、結婚も同じ技術者とするものだと思っていた。相手はやはり同じ床屋がいい。実直で技術もしっかりした和雄とならば、うまくやっていけると考えた。

夫の気配に静かな嫉妬心《しっとしん》を感じたのは、結婚して店を構えてすぐのことだ。

不安なりに夢のある晩酌だったと思う。この人と、ささやかでも堅実な商売をしてゆくのだという決意に高揚していた。夫の胸に、結婚後も引きずるような疑念があったことに気づかなかった。ほろ酔いに助けを借りた夫の問いに、深い意味があるとは思わなかった。

「本当は岡田のオヤジさんのことどう思ってたんだ」

「どうって、どういう意味？」

「オヤジに結婚するという報告をしたとき、すごく喜んでた。桐子は俺の娘みたいなもんだから、大事にしてやってくれって」

だから、お前はどうだったのだと訊ねる和雄の表情に気圧《けお》されて「弟子入りしたときからずっとあこがれていた」と答えた。以後、何気なく使った「あこがれ」という言葉が和雄にどう伝わったのか、確かめる術《すべ》はなくなった。

誘導尋問に引っかかったことに気づいたのは、息子が生まれたときだった。

「あこがれのオヤジも喜んでくれるだろう。俺も役目を果たしてほっとしたよ」

初めて父親になった男のひとこととしてどうなのかを考えられるほど、自分は気の回る女ではなかった。常に腹に重いものを沈ませている男と、なんにつけひとこと少ない女の組み合わせは、表面的には商売や生活という一大事に守られていた。家に波風を立てないよう努めることが、桐子に与えられた仕事のひとつでもあった。

あのひとはまだ、そんな感情に振り回されているのか。

ストーブの炎に問うた。結婚してからの日々を理容技術競技会に使い続けた和雄の、闘争心の核にあるのが師匠への嫉妬だった。女房が何気なく返した言葉がどれほど罪深かったのか、夫の胸奥にある目盛りを測ることはできない。

息子は、競技会で勝つことにしか意識が向かない父親には寄りつかず、結局高校卒業と同時に家を出てしまった。温まる間もなく冷えてしまった夫婦のあいだで、息子がどんどん無口になってゆくのを止められなかった。悪いところはすべて母親の自分に似ているような気がしてくる。

和雄が商売そっちのけでのめり込んだ競技会は、年に一度の功名のチャンスだった。十五回連続出場し、そのうちの十二回は入賞トロフィーを持ち帰った。六回続けて優勝したところで、後進が育たないという理由で「そろそろ引退を」と師匠の岡田に諭《さと》された。和雄の内側は、そこで再びこじれることになった。

ストーブの炎の向こうにあるサイドボードを見る。硝子《ガラス》の内側に、少ない明かりを集めるようにして金色のトロフィーが光っている。暇に飽かしてひとつひとつ磨いている和雄の背中に声をかけることができなかった。息子がもっとも嫌う名声欲は、同時に父親の寄る辺《べ》でもあった。

磨き込まれたトロフィーには、紅白のリボンが巻かれている。メダルも金銀銅と、年代順に並べられている。息子が小学校六年生のときに書いた作文には、父への感謝と競技会でひたむきにがんばる姿が綴《つづ》られていた。その作文で市の教育長賞をもらった彼は、持ち帰った賞状を父親の前で破いた。息子が父に渡した絶縁状だった。

なにもかも、わたしが悪いんだろう。

いつ離婚を言い渡されてもいいと思って暮らしてきた。いざとなれば腕ひとつで生きていける。その開き直りが自分から女の柔らかさを剝《は》いでいたと知ったのは、息子が去年連れてきた女を見たときだった。

「とりあえず籍だけ入れるから。結婚式はしない」

千春と名乗った女は決して清潔とは言いがたい風貌《ふうぼう》で、どこか愚鈍な気配が漂っていた。息子が右を向けと言ったら一日中右を向いていそうな女だ。二つ年上だというのに、姉さん女房のかいがいしさや頼りになる気配はまったくなく、膨らみ始めた腹を隠そうともしなかった。名前を訊ねれば名前だけ、生まれを訊ねれば土地名だけをぼそりとつぶやく。

あの日桐子は、息子に見せられた現実こそが子育ての結果なのだと思った。

札幌に住む息子夫婦のお産扱いには、片道六時間鉄路を乗り継いだ。アパートの中はひどい散らかりようだったが、嫁は見かねて掃除を始めた姑のことなど視界にも入っていない様子で、やや子と名付けた赤ん坊に乳を含ませていた。名前の由来を訊ねれば「なんとなく」と答える。彼女のゆっくりとした気配は、余裕というより感情の希薄さを思わせた。

なにもかもに失敗のにおいが漂う自分の結婚生活を、ストーブの炎を見ながら考える。桐子は師匠に対して持っていた秘めやかな思いを、ひとつひとつ胸奥から取り出しては炎に放った。

あこがれか、と音にせずつぶやいた。そんな甘いものではなかったろう。だから自分は夫の疑いが疑いで終わることを望み、手を打ったのだ。

桐子は一度、岡田善造の過ちを誘った。結婚を決めた翌日の夜、カミソリを研ぐ師匠の背に声をかけた。幼い下心を片手に、ずっと好きだったことを伝えた。十六の年からずっとあこがれていたことを伝えても、師匠の笑みは崩れなかった。

桐子を子供扱いする善造の態度を、崩したかった。

「お内儀《かみ》さんがやってること、親方も気づいてるんでしょう？」

妻が兄弟子の何人かと関係していることをほのめかしたとき、表情が強ばった。桐子はあこがれのほかにもうひとつ、憎しみの小石も握っていた。誰もが人格者と信じて疑わない師匠の、男の顔を見てみたかった。感情を殺し続けている男の化けの皮を剝いでみたいという、淡い興味だ。

結婚が決まった女の心の揺れを理由にしたとしても、残酷な誘惑だったし、いいわけはできない。桐子はほんのひととき、善造の下で揺れた。ことのあと、無言で身繕いをする男の香りを体に残したまま銭湯へと向かった。そしてさっぱりとした顔でアパートに戻り、夜中に訪ねてきた和雄と交わった。

桐子は、自分がいったいなんの咎《とが》でこのような檻《おり》の中にいるのか考える。いくら考えても答えはでない。愛情も憎しみも嫉妬も憐れみも、ありとあらゆる感情が凝縮された残酷な夜。善造とも和雄とも交わることのできた自分は、あの一日、足ることを知らない欲深い生きものだった。


冬木立に上ってゆく岡田善造の煙を見上げたあと、親族に混じり和雄と桐子も師匠の骨を拾った。初診からひと月の入院で世を去った魂は、まだ誰の心にもあきらめを与えていない。お内儀さんは最初から最後まで泣いていた。棺が窯《かま》に入る際に自分も入れてくれと取りすがった姿は、その場にいた誰もの涙を誘ったが桐子は泣かなかった。老いた彼女を見れば時の流れは明らかなのに、記憶は妙になまなましい。それでもみな、昔のことなどすべて忘れたように故人の死を悼んでいる。滑稽《こっけい》な景色のなかで桐子もまた、通り過ぎた人間のひとりになってゆく。みな、年を重ねた。無言で妻を責めている和雄だけが、過去に漂っている。

葬儀を終えて寺の後片付けを手伝ったあと、寺の下足室で兄弟子のひとりに呼び止められた。和雄は先に駐車場に向かってしまっている。

「おつかれさまでした。今、田上《たがみ》を呼んできます」桐子が言うと、兄弟子は「いいから」と疲れのにじむ表情で手を振った。

師匠の危篤時からずっと岡田家を支え、葬儀を仕切っていた。岡田善造が信頼していた一番弟子だ。六十をこえてもまだハサミを握っている。五人の孫に恵まれて、子供たちはみなそれぞれ修業に入った土地で理髪店や美容室を経営している。彼の妻も、隣町から嫁にきた理容師だった。兄弟子は言いにくそうにあたりを窺ったあと、声を潜めて息子の名前を口にした。

「たか坊、札幌で結婚したとか聞いたけども、こっちにはあんまり帰ってきてないのか」

「去年、子供が生まれたんです。いろいろあって、お披露目はしなかったんだけど。黙っていてすみません」

兄弟子は数回顎を上下させたあと、実はと切り出した。

「先週うちのやつが札幌の娘のところに行ったとき、地下鉄でたか坊に会ったらしいんだ。赤ん坊を抱っこしてるから、家族で買い物にでも出てきたのかと思って声をかけたんだと」

息子にとっても、兄弟子の妻は幼いころからお下がりやお年玉をもらったり、親戚と同じ存在だ。彼女はひとしきり再会を懐かしんだあと、お嫁さんはと訊ねたという。

「最初は言い渋ってたんだと。けど、うちのやつもたか坊は半分自分の息子みたいなもんだと思ってるから、なにかあったと勘ぐったらしいんだ」

赤ん坊の母親の所在をしつこく訊ねられ「出ていった」と漏らしてしまうくらいに、息子も疲れていたのだと思いたい。

「出ていったって、嫁がですか」

「うん、子供を余所《よそ》に預けながら仕事をしているらしいんだ。なんだかえらく疲れてる顔だったって。それも後から思えばってことだろうけどな。桐ちゃんに訊いてみようかってときにオヤジがこんなことになったもんだから」

「すみません、ご心配かけて。家に戻ったら高雄に電話してみます」

息子が今どんな仕事をしているのか、家族はうまくいっているのか、心配してもきりのないことばかりだ。桐子の脳裏に、洗濯物のひとつも畳もうとしない嫁の姿と荒れた部屋の様子が浮かぶ。又聞きでも、あの嫁が息子の元を去ったという情報には妙な説得力があった。桐子は短く礼を言って、駐車場に出た。

助手席に乗り込むと、和雄が「疲れた」とつぶやいた。うん、と返す。古い寺に詰めていたせいで腕や脚の関節が内側から痛む。曇ったフロントガラスは、視界が半分も開けていない。温風がじわじわと白と茶褐色半々の冬景色を広げてゆく。

桐子は思い切って、兄弟子から聞いたことを夫に伝えた。夫は息子の嫁と一度しか会っていない。桐子もお産扱いで札幌を訪ねた際のことは、無事に生まれて可愛い赤ちゃんだったというくらいで、夫婦の様子をあまり詳しく伝えていなかった。

「出ていったって、どういうことだ」

「あの子がひとりで、赤ん坊を抱っこして地下鉄に乗ってたってことしか、まだ」

夫が孫の心配をしたり会いたがったり、ということは一度もなかった。なぜ自分たちはここまで血や情に無関心でいられたのだろう。父親と決別した息子と、夫とのあいだにいながら、桐子自身がそれぞれの内側へ深く入ることをしなかった。三人のあいだにある距離は、目をこらしたくらいでは測ることができない。和雄は「ふん」と鼻を鳴らした。

「なんだ、もう逃げられたのか」

師匠が死に、息子の家庭が壊れたという話を聞いても、夫の心は少しも熱を持たないようだ。桐子もちいさく息を吐く。

「近いうち、一度様子を見に行ってみようと思うの。その前に電話かけてみる」

夫からはなんの反応もなかった。桐子が和雄の態度に動揺することも、和雄が桐子や息子のことで心を動かすことも、もうないのではないか。寺から自宅までのあいだ、幾度となく右手に師匠の骨の軽さが蘇った。いつのまにか、体は義務でしか、心は体裁でしか動かなくなっていた。

窓の外を色のない景色が流れてゆくなか、街角で回っているサインポールが、赤白青の色でらせんを描く。弟子時代からずっと暮らしてきたはずなのに、見知らぬ街にいるようだ。ふっつりと、細く長い糸が切れた気がした。

もう、この人のそばにいなくてもいいのかもしれない。

父親としての情をひとかけらも感じられなかったことを、気持ちのどこかで感謝している。ここまで冷え切るためにかかった時間のことは考えない。息子の嫁の顔を思いだそうとするが、うまくいかない。ぼんやりした瞳と口数の少なさばかりが記憶に残っている。息子が選んだ女に感じた幻滅が、そのまま我が子への失望や夫との決別へと繋がってゆく。桐子はバックミラーに映る自分の顔を見た。うっすらと微笑んでいた。

「なんなの、これは」

思わず声が出た。母親の手助けを素直に受け入れた息子のアパートは、去年来たときよりずっと荒れていた。洗面台の周囲にはゴミと洗濯物が、台所には汚れた食器やカップ麺の空き容器が散乱している。足の踏み場を探しながら、敷きっぱなしの布団の上に寝かされている赤ん坊を見下ろした。

往路の列車で想像していたよりちいさい。八か月の赤ん坊を放って家を出た嫁についてあれこれと思うより先に「やや子」と名付けられた孫を抱き上げた。息子は部屋の隅にあぐらをかき、うつろな瞳で桐子を見上げている。

「あんた、仕事はどうしたの」

「クビになった」ぽつぽつと並べた言葉はどれも言いわけだ。

電話をかけた時点ですでに息子は職を失っていた。なぜ黙っていたのかと問えば、だんまりを決め込む。赤ん坊を抱き上げると、尻のあたりがすっかり冷たくなっていた。桐子はやや子を寝かせておむつを外した。尻はひどくかぶれて真っ赤になっている。まだ外は冬だというのに、体はあせもでまだら模様だ。紙おむつの袋を寄せながら天花粉《てんかふん》を探すが、赤ん坊の周りには塗り薬のひとつもないどころか中身が分離したほ乳瓶が何本も転がっている。

台所に散乱するゴミを手当たり次第袋に詰めた。途中であきらめ、息子の手に一万円札を握らせる。

「ぼさっとしてないで、ゴミ袋とほ乳瓶とミルクを買ってきなさい。八か月にもなるのに離乳食も食べさせないで、あんたこの子を殺す気なの」

のろのろと立ち上がった息子が、ドアノブに引っかけたダウンジャケットを羽織る。あんなに嫌っていた父親にそっくりな仕草で襟を直している。ドアが閉まるまでその背から目をそらすことができなかった。

夜、桐子はやや子を連れてビジネスホテルに泊まった。アパートはゴミを詰めて洗濯をするだけで手いっぱいだ。そのひげ面をなんとかしろと追い立てながら、ようやく息子から事情を聞いた。

「電話代が十万を超えたんだ」

「どこの世界に月十万も電話するひとがいるの」

「ダイヤルQ2ってのがあるんだよ。電話代のほかに、情報料がかかるんだ。三分で三百円も取られたら、十万なんかすぐだ」

いったい誰がそんなものにと訊ねると、息子の口元がゆがんだ。

「千春だよ。あいつ、ツーショットダイヤルにかけてやがった。どういうことかって訊いたら、話し相手がいないからって言うんだ。やや子をちゃんと育てりゃ、話し相手になるだろうって言っても、おさまらなくて。とうとう頭にきて殴ったら、次の日出ていった。俺のところに転がり込んできたときと、おんなじだ。きっと今ごろ新しい男のところにいる。そういうやつなんだ」

女に手をあげ、育てた子供が話し相手になるなどと言った時点で、男としての底が割れたのだ。馬鹿な男と思ってはみても、自分の産んだ子だった。子育ての結果は、まさかと思うような場面で現れる。

ホテルのバスタブに湯を溜めて、やや子と一緒に体を沈めた。気持ちがいいのか、口をあけて眠っている。タオルでそっと皮膚をぬぐう。八か月といえば、早い子ならばつかまり立ちをしているはずだが、半日一緒にいてもやや子は這《は》うことさえしなかった。

桐子はやや子の耳に湯が入らぬよう気をつけながら、「坊主憎けりゃ、って言ったってねぇ」とつぶやいた。千春のことは腹が立つけれど、だからといって彼女の産んだ子を憎むという感覚はない。この情の薄さに救われる時間もある。性分が招く不幸もあれば、幸福もあるに違いないと思った。

薄情なのはわたしのほうだったのかもねぇ。

劇的なことなどひとつもなかったように思える二十数年を振り返るが、そのときなりに波立っていたような気もする。赤ん坊を見ていると、過ぎてきた毎日が彩りを取り戻す。この子には、話し相手がいないからという理由で捨てる母もあれば、話さなくてもいいことを喜ぶ祖母もいる。とにかく、とあせもだらけの体を撫でながら「安心しなさい」と声に出した。

二十年以上も前の記憶をたどりながら、ミルクを飲ませた。背中を軽く叩くと「かぷっ」とげっぷを出した。発達の遅れは否定できないけれど、思ったよりも健康な子かもしれない。ビジネスホテルの壁に響いた間抜けな音に、思わず笑っていた。

「こんなに単純で、こんなにわかりやすいものが、なんであんなふうになっちゃうのかねぇ、やや子ちゃん」

その夜は寝息を立てているやや子の隣で眠った。夜泣きを覚悟していたのに、やや子は日が昇るまで一度も泣かなかった。

翌日、やや子を連れて列車に乗った。膝に抱いた赤ん坊の重みを懐かしみながら、過去に戻ってゆくように流れゆく車窓の景色を見ていた。息子にはホテルを出る際に電話をかけてある。

「あんたはとにかく、仕事を探しなさい。やや子はわたしが連れて帰るから。部屋をきれいにして、働き口を見つけて、自分の生活を元に戻しなさい。若いんだから、一年やそこらすぐに取り返せるでしょう。次に会うときまでに、身なりも仕事もしっかりしておきなさい。千春さんが帰ってきたら、連絡ちょうだい。わたしからはそれだけ」

「わかった」

久しぶりにひと晩ぐっすり眠ったという息子の声は、わずかでも張りを取り戻しているようだった。やや子を母親に預けたことで、心の荷が軽くなったならそれでいい。桐子は息子や千春ほど赤ん坊の世話を苦痛に感じることはない。ちいさな命の前では誰も意地を張らず、できる人間ができることをすればいい。

やや子を膝の上に立たせてみる。思いのほか力強く桐子の脚を押してくる。這わせよう、立たせようとすれば、案外あっさりと遅れを取り戻せるかもしれない。桐子はやや子の顔を覗き込んだ。あいた赤子の口元からよだれが落ちる。よだれの多い子は元気なはずだ。

「元気、元気。やや子ちゃんは元気なのね。ばあちゃんと一緒にお家《うち》に帰ろう」

まだ保護の手がなければ死んでしまいそうな赤ん坊だが、生まれついての性分があるのか列車の中でもほとんど泣かなかった。衣類は毎日洗濯をしなくては間に合わぬほどしかない。だいたいやや子は、ほとんど着られるものを持っていなかった。生まれたときから四、五か月ほどのものは多少あったけれどそこから先の月齢に合わせたシャツもロンパースもなかった。両手両足首が、ウサギの着ぐるみみたいなカバーオールからはみ出ている。細いから着せておけるものの、まるまると太った子ならばホックも留まらないだろう。

下着は街の衣料品店で買い求めるとして、洋服はどうしよう。桐子は、先日岡田の葬式で声をかけてくれた兄弟子の妻に相談してみようと思った。孫のお下がりがあるかもしれない。久しぶりの赤ん坊を見て、面倒見のいい彼女ならばどこからでも女の子用の衣類をかき集めてきてくれるだろう。

知らず、桐子は笑っていた。トンネルに入った列車の窓硝子にやや子と自分を映して、自分が笑っていることに笑った。

やや子を連れ帰った桐子を見て、和雄は眉間に皺を寄せた。

「いったいなにを始めるつもりだ」

「ひどい暮らしだった。直接援助するより、この子の面倒をみたほうがいいと思ったの。お金はひと月分のお家賃くらいしか置いてこなかった。いっときは女房子供を養おうっていう気力があったんだから、自分ひとりくらいならなんとかなるでしょう」

「自業自得じゃないか。放っておけばいいんだ」

「実際、放っておいてるのと同じよ。助ける親ならあの子も一緒にこっちに連れ帰ってました」

「相変わらずだな」

「なにが、相変わらずなの」

「あいつがいちばん申しわけないって思うような選択をするんだ、お前は」

和雄の言葉の意味がわからなかった。暖かい部屋で離乳食を三口食べて、やや子は昼寝をしている。あまり音を立てぬよう夕食の準備をする桐子の背中で、和雄がつぶやく。

「今現在の厄介なものだけを引き受けて、金も余るほどは渡さない。誰が見ても賢い母親だと言うだろう。お前はその、自分がゆったり構えたところにいらいらする周りのことなんか、想像もしないんだ」

一体夫はなにを言わんとしているのか。左手に豆腐をのせたまま振り向いた。言葉や声ほど、夫の目は尖《とが》っていなかった。食卓テーブルの上に常備しているあめ玉をひとつ口に入れて、眠っているやや子を見ている。ぼそぼそと抑揚のない声が続いた。

「余るほどの援助をすれば、生活がうまくゆくようになったときに疎ましがられる。

あいつのことだからかえってお前を憎むだろう。ここぞとばかりに説教を並べれば、反発される。お前はいつも、相手にそのどちらも許さないんだ。表面的に優しくしながら、生かさず殺さず長い時間をかけて相手をへこませ続けるんだよ」

夫の視線の先にはやや子がいる。これはやや子に聞かせているのではないのかと錯覚する。いや違う。夫の言葉は間違いなく桐子に向けられた恨み言であり、本音だろう。

本音には、本音で返さねばならぬ。そう思うのに、なにが自分の本音なのかつかみきれない。いつもそうだ。肝心なところで、言葉が出てこない。豆腐を持った手から水がしたたり落ちる。慌ててさいの目に切り、味噌汁用の鍋に入れた。

店のドアに取り付けた人感センサーが乾いた鐘の音を響かせた。和雄は椅子の背にかけた白衣を羽織り居間を出ていった。やや子はまだすやすやと眠っていた。この子は腹が空いたらまた目を開けて、誰かがやってくるのをじっと待つのだろう。おおよそ赤子らしくない我慢強さだ。泣いて感情を訴えることがない。育てやすいかもしれないが、赤子としては欠落したものがあるように思えてくる。

あぁそうなのだ、と桐子は思う。自分もやや子のように、泣いてしかるべき場面で泣かない。欠落というより、やはりそれは性分と呼ぶものかもしれない。

豆腐の味噌汁を、あとはネギを放せばいいだけにして火を止める。炊きあがった飯にへらを入れる。夫は茶の間に戻ってこない。センサーを鳴らしたのは配達された夕刊ではなく客だったのだろう。

不意に、やや子の瞳に光が映った。目を覚ましたようだ。首を左右に向けて「あー」と声を出す。彼女がなにか意思を示したのは、おそらくはそれが初めてだった。

「あー」、桐子は濡れた手をぬぐい、やや子のそばへ駆け寄った。桐子と目が合った瞬間、やや子の目や口が真横に伸びる。

「あー」、やや子は桐子の顔を見たあと一拍間をおいて、驚くような大声で泣き始めた。慌てて抱き上げる。両手を桐子の肩にのせ、しがみつくように泣いている。桐子は精いっぱい背をさすり、よしよしと言いながらやや子を揺らし、あやした。

やや子は桐子を見つけて泣いたのだった。庇護者《ひごしゃ》がいないところでは泣けなかったが、桐子という存在を得て、泣くことと寂しがることを覚えたのか。

「だいじょうぶよ。やや子、だいじょうぶよ」

泣き声が弱まったところで座布団を折り曲げ、壁をやや子の支えにして座らせた。桐子は味見用の小皿に豆腐をすくい、味噌汁をかけた。プラスチックのスプーンで、お座りをしたやや子の唇に近づけた。生きる本能が赤子の唇を開かせている。そこへ崩した豆腐を入れてやる。閉じた口から、喉へ。もうひとくち、もうひとくち。

　味噌汁用に切った一センチ角の豆腐を八個平らげ、やや子の機嫌が直った。ほ乳瓶に薄いミルクを作って与える。両手で持とうと手を伸ばす。たった一日で、遅れを取り戻し始めている。これは命の、尊い貪欲《どんよく》さだ。桐子の脳裏に「生き恥」という言葉が浮かびあがり、瞬く間に流れていった。岡田善造が、死ぬまで誰にも悟らせなかった弟子との「生き恥」を思った。夫が疑った時点で、もう桐子の恥は和雄の胸では動かぬ事実になっていたのだ。なにか言いわけをすればよかった。たとえ無駄と思っても、否定してやましさを引き受けたなら、ふたりの今はもっと違うものだったのではないか。

「疑われるようなことなどなにもない。なぜそんなことを言うの？」

　彼のためにある、そのたったひとことを言いそびれたために、こじれた男の半生が、トロフィーや賞状、メダルになって並んでいた。桐子は、胸奥で謝り続けた。二十年以上も気づかなかった。それは誰が許しても、桐子自身が許さない長い時間だった。

　店仕舞いを終えて食卓テーブルに着いた夫の前に、味噌汁、ご飯、お新香と焼き魚を並べる。彼の好物、らっきょうのキムチも添えた。まずひとつ口に放り込んだあと、飯をひとくち。静かな食卓だった。

和雄の視線がやや子に向けられた。彼女はお腹がいっぱいになったのか、機嫌よく手に持たせたビニール製のアレイを振っている。

「いつまで面倒みるつもりだ」

「わからない。千春さんが戻ってくることはあんまり考えられない感じ。戻ってきても、まともな子育ては望めそうにないと思う」

ううん、と唸《うな》ったあと、和雄は黙り込んだまま食事を終えた。ダイヤルQ2のことは告げぬことにした。今さら言っても仕方のないことだ。やや子との関係は、自分たちの孫には違いないのだけれど、なぜか血の繋がりという湿った感情を持てずにいる。だからこそ、なにも思わず連れ帰ることができたのだった。

食器の洗い物を終えたあと、昨日と今日使った店のタオルを洗濯機に入れて居間に戻った。和雄が、あぐらをかいてやや子を見ていた。やや子は右手でビニールアレイを、左手で和雄の人差し指を握って上下に振っている。

桐子はふたりのそばに立った。間に合わせに買ったカバーオールは、グレーのパイル地にパリのエッフェル塔とフランスの国旗が散った柄だ。桐子は改めてその模様に目を留める。何気ない気持ちで買った赤子の服にある、赤と白と青。動きを止めたサインポールと同じ色だ。

赤は動脈、青は静脈、白は白衣の白。

フランスの国旗と同じ色だなんて。

やや子に指を握られたまま、和雄が桐子を見上げる。まぶしそうな顔をする。

「なぁ、何年くらいしたらハサミで遊ぶようになるかな」

「高雄は三歳くらいでプラスチックのハサミで紙を切ってた気がするけど」

「そうか」

「なんで、ハサミなの」

和雄は照れた笑いを浮かべ「わからん」とつぶやいた。

夫も、息子が向けた背に傷ついていたのかもしれない。誰も、自分が先に背を向けたとは思わない。こんなちいさな家庭にあってもそうだ。やや子が和雄の指を握り続けている。

「お茶、飲む？」

明かり取りの窓に雪の影が揺れながら流れてゆく。今日が明日へと続く予感となって舞い降りてくる。桐子はやかんに水を入れ、ガスのスイッチをひねった。

逃げてきました

『文学講座　現代詩教室十周年記念』

巴五郎《ともえごろう》は控え室に次々現れる生徒や同人誌仲間たちとの挨拶に追われていた。ゆっくりコーヒーを飲む暇もない。

運営係から、今年の参加人数は過去最高の四十人と聞いた。女性ばかりの集まりゆえ、家族の都合で辞めた者や夫の転勤で街を離れた者もやってきているという。

昼間の気温が三十二度を記録して、この夏いちばんという見出しが新聞の一面を飾った。会場は空調設備の甘い、古いホテルだ。網戸に涼しい風を期待するが、港町の湿った夜風はまだ下がりきらない気温を右から左へ運ぶだけだった。

昨年の秋に、巴の教室から地元の新聞社の文学賞受賞者が出たので、一気に教室を訪れる生徒が増えた。前任者から教室を引き継いでから十年。それまでは一年にせいぜいひとり入会してはふたり辞め、ふたり入会してはひとり辞めという具合で、常時十五人前後でのんびりとした空気だった。会員もほとんどが主婦か未亡人で、年齢層も市役所を退職したばかりの巴とそう違わない。多少の金と暇があるのは、退職後の巴と同じだが、男たちと違って彼女たちは年を増すほどに生き生きとしていくようだ。

巴五郎は市役所では長いこと市史編纂《へんさん》室勤務で、結局役職が付かないままの退職だった。この春からは、「鈴木元雄《すずきもとお》」という本名をほとんど使っていない。二十代で一度所帯を持ったが、半年で別れている。妻のほうに好きな男ができたのだ。分別がつく前の離婚歴というのは、結果的には良かった。捨てるより、捨てられた男のほうが絵になる。卑屈にならなくて済む背丈と、体型を維持できているという幸運が、よりいっそう巴の過去を光らせていた。

細々と詩や随筆を発表し続けた同人誌にも、巴の来し方が散らばっている。子供はいない。自分は女に捨てられて正解だったという思いが、六十になっていっそうつよくなった。

病院で名前を呼ばれるときと請求書の宛名《あてな》で見る程度の本名に、さほど愛着もなかった。全道から送られてくる自費出版の詩集やエッセイ集も巴五郎宛てだし、人口十万人規模の街では「先生」と呼ばれることのほうが多い。長く同人誌を発行していたというだけで、いつのまにか先生になっていた。

ときどき勘違いした女に惚《ほ》れられながら、こっちもその気になったりならなかったりと、すったもんだしながら死んでゆくのも悪くない。還暦、という言葉は案外これでなにをするにも都合のいい逃げ道になっている。

控え室でぼんやりと夏の夕暮れ空を眺めていた巴のそばに、今年入会した塚本千春がやってきた。合評会では目立たない服装をしているが、今日は肩が出るような薄紫色のワンピースを着ている。胸元に、深い谷間が見えた。腰まわりや脚はほっそりとしているのに、胸元だけが妙に豊かだ。夜の仕事をしているという噂を聞いたことはあるが、まさかと笑っていた。けれど今夜の塚本千春の姿を見ると、噂を信じてもいいような気がしてくる。美人かどうかと訊かれたら返答に困るが、色気とかしどけないという言葉は充分に彼女を言い当てている。

「巴先生、こんばんは」

「あぁ、どうも。今日は新旧のメンバーがたくさん来てますから、みなさんから良い刺激を受けられると思いますよ。楽しんでくださいね」

早口でそう告げたあと、急いで彼女の胸元から目をそらした。

三十代の彼女が入って、会の平均年齢が下がった。いちばん年が近くて十歳上と聞いた。見ていると、半年以上経っているというのに、まだ詩作仲間と言えるような友人はいないようだ。自分の生き方に妙な自信を漂わせた個性のつよい女たちの集まりなので、辞めてゆく原因のほとんどは人間関係だ。

巴は講師という立場から、あまり彼女たちの関係に口を出さないことにしている。辞めたあとでどうやらそういうことだったらしい、という話を聞く程度だ。辞める者に肩入れしても、残るほうの肩を持っても、会の継続になにひとついいことはない。休みがちになって少し経つと、退会の相談を受けることが多かった。

塚本千春は、友人ができる様子も会に溶け込んでいる様子もないのに、月に一度の合評会は休まない。ひとりでやってきて、ひとりで帰る。口数は多くなく、他人の書いたものにはあまり興味がないように見えた。自分の作品を批評されているときは常にノートを取るのだが、その批評も彼女の人気と同じくあまり芳《かんば》しくはない。難解、直接的すぎる、言葉が強いなど、言われかたはさまざまだ。

あまり本も読んでおらず基礎らしいものはほとんどなさそうなのに、選び取る言葉にちらちらと新鮮なものが見えるが、そのくらいの者は掃いて捨てるほどいる。学んでいない者が見せる新鮮さは、一瞬でも読む者を錯覚させてしまうという点で危険だった。偶然の産物がひとつふたつあったところで、それは実力とは違う。あくまでも一過性の景色を才能と勘違いしてしまうと、本人も周りも厄介なことになる。

運営係が巴を呼びにやってきた。そばにいた塚本を見て、一瞬動きを止める。髪を結い上げて胸元の開いたワンピースを着ている女が塚本だとわかると、怒ったような表情になった。

「先生、みなさんお席に着きました。そろそろ会場へお入りください」塚本には声をかけない。

巴は「わかった」と返し、傍らにいる彼女に先に会場に入るよう告げた。

蒸し暑い夏の夜は、香水や化粧のにおいが充満して食べ物の味もわからないが、注がれたビールを飲み続けているうちに心地好《よ》くなってきた。どの顔も、同じに見える。これはいい。

笑い出したいところをこらえながら、隣に座った昨年度の文学賞受賞者に「次はもっといいものを書かなくてはね」などと言っている。言われた本人は、でも先生、と眉を寄せた。

「去年はわたしを入れて応募者が三十人ですよ。審査員もここ十年以上かわってないし、ちょっと偏り気味だと思いませんか。そろそろ巴先生が審査員になってもいいと思うんですけど」

「そんなもん、こっちから言うことでもないでしょう。僕はあんまり体制というのが好きじゃない。制限されるのは苦手なんです。商業主義もしかり。じゃないと腰を据えて万年ヒラじゃいられません」

言いながら、悪い気分ではなかった。「つかえない職員」は、仕事のほかに没頭できる趣味を持ち、自分と周囲のバランスを取っていた。長い時間を経ると、その場しのぎも「主義」という立派な理由にすり替わってくれた。

女のにおいにむせかえるような宴も、終盤に近づいてきた。古参から新人まで、テーブルでスピーチをしている。ほろ酔いで、彼女たちの抱負や見え隠れする野心をおもしろく聞いていた。マイクが塚本千春に渡った。心なしか会場内の音が半減したようだった。

「こんばんは、今年から教室に参加させていただいている塚本です。ずっとなにか書いてみたいと思っていました。新聞で巴先生のエッセイを拝読して、この会の存在を知りました。月に一度の例会でいただくみなさんからのアドバイスに励まされていま す。これからもみなさんに追いつけるよう目標を持ってがんばりますので、どうかよろしくお願いします」

流れるような塚本の挨拶に、会場が動きを止めた。

ずっとなにか書いてみたいと思っていました――。

誰もが口にする言葉だけれど、塚本千春が言うとなにやら裏側に深いたくらみが隠されているような気がする。塚本は「詩を書きたかった」とはひとことも言わなかった。漠然と、それが彼女のスピーチの核であるような気配を感じとった者は、巴のほかに数人いるかいないかだろう。ざっと場内を見渡して、拍手のタイミングを逃した面々を探した。

普段、愚鈍な印象しかなかった彼女が、ここにきていきなり会員たちに今までとは違う印象を与えた。巴の隣の古参会員も「あんなに上手に話せる子だったの」とつぶやいている。

上手か。巴にも覚えがある。自分が書いたものは、このなかでいちばんいいはずだという、根拠があるのかないのかわからぬ、若さへの「過信」かもしれない。あの服装にしたって、と思う。過信と自信の表れだ。

書けるならば書いてみろ、と腹で毒づいた。

ビールと並走するように飲んでいた白ワインが、ふわふわとした酔いをつれてきた。外はまだ蒸し暑いのだろう。海はどうだ。港に寄り道でもしながら帰るとしようか。一行でもなにか書いてから寝る。それが日課だ。

帰りがけ、応募締め切りに間に合わせるために編まれた詩集を四冊受け取った。去年の快挙で、みな自費を投じて一冊にまとめる者が増えた。自分ももしかしたら、という希望を抱くのはいいことだ。もうひとり受賞者が出れば、来年はもっと会員が増える。

出版を請け負っているのはほとんどが自費出版専門の「明日舎」だった。詩集としての体裁を整えるために、巴もいろいろとアドバイスをする。巴自身もこの会社から出した一冊が日本詩芸術賞の特別賞を取り、足もとが固まったのだった。

角封筒を四つ抱えてロビーを出ようとしたところへ、塚本が声をかけてきた。まただ、と足を止めた。この女はいつも、巴から人が離れたときを見計らってやってくる。その観察力はやはり夜の世界で鍛えられたものではないかという邪推を、こちらに許す。

「先生すみません、これを」

塚本の手に、表書きのない角封筒があった。受け取る。薄い本のようだ。なにが入っているのかを問うた。

「わたしも、応募しようと思ってまとめてみたんです。お金がないので私家版ですけれど。ぜひ、先生に目を通していただきたくて」

へぇ、と素直な音が喉から漏れた。

「塚本さんも、応募するの」

「はい。ものは試しと思いまして。中古のワープロを買って、自分で印刷して表紙をつけました。応募要項に詩集の体裁を整えることとあったので」

「そうなの。大変だったね。言ってくれれば、なにかアドバイスできたのに。わかった、帰って読ませてもらうよ。感想は必ず、じゃあまた」

自分になんの相談もなく応募を決めたというのが気に入らなかった。ただ、それが塚本千春ならば納得してしまいそうになる。巴は港に寄る予定をやめた。応募用の詩集が増えたことに、心をかき乱されている。自分の存在を無視して編まれた一冊がいったいどんなものか、気になった。そろそろ巴を文学賞の選考委員へ推そうという話が出ていると、内々に耳打ちされている。自分の目の届かぬところで勝手なことをされたのでは他の生徒への示しがつかない。

巴はひと足ずつ酔いから遠ざかりながら、家路を急いだ。駅から歩いて十分ほどの、ちいさな木造平屋の戸建て。蔵書がアパートの床をきしませ始めた二十年前に、中古で買った。鈴木元雄の表札を見るたびに、叩き割りたくなる忌々《いまいま》しさと闘っている。俺は巴五郎だと大声で叫びたくなる。家に入り、明かりを点けた。

壁中に本の背表紙が並ぶ六畳間は、窓もつぶして入り口以外の壁はすべて本棚にしてある。日中も薄暗いが、紙が日に焼けないので、湿気と本の重みで床が抜けるのさえ気をつければ良い書斎だ。寝床と書斎と台所しかない独り暮らしの家は、応急措置以外の修繕もしないまま、本や巴自身と一緒に老い続けている。

書斎の真ん中にあるデッキチェアに腰を下ろした。いつも本を読む場所はここと決めている。とりあえず五冊すべてを封筒から取り出す。四冊は巴が監修をした。掲載の順番も相談にのり、みな「あとがき」で巴五郎への謝辞を述べている。厚み一センチの上質紙に三ミリもあるハードカバーが付いており、表紙も品のある顔立ちをしていた。写真を使ってコラージュ風にしてみたり、頑固なまでに「詩集」の体裁を守ったり。それは著者の矜持《きょうじ》もあるのだろう。それぞれに、個性を持っている。しかし、だ。もうそれら自分が関わった四冊を読み返す必要はなかった。

問題は、塚本が私家版で応募するという一冊だ。黒い画用紙をフランス装に似せて折りたたんでいる。黒い表紙には「女体」と印刷された別の紙が貼《は》られていた。

『女体』　塚本千春

陳腐なタイトルはよしとしよう。問題は、これを自分の教室にいる生徒が応募するということだ。目の届かぬところで、勝手なことをされた。顔に泥を塗られたような気分だ。ひとこと言ってくれれば、やんわりと止めることも、君にはまだ早いとアドバイスすることもできたのに。

表紙をめくると、扉の次に目次がある。一応本の体裁は整っているが、目次の項目は一行のみでそれも「女体」だった。表紙が今にも外れそうなのは愛嬌《あいきょう》だと思うことにしたが、たった一編の詩で一冊にするとはいったいどういうことだ。酔いはもう、ほとんど醒《さ》めている。

見開き二ページの総行数は二十行。行アキがない。一瞬、句集か歌集と勘違いしそうになる。巴は喉の渇きを我慢して、塚本千春の「女体」を読んだ。

おんなのからだから　うまれました
おんなのからだを　していました
ふしぎは　いっぱい　あそこにもここにも
あのひとがふれたがる　そこにも

書き出しには記憶があった。この一編を初めての合評会で提出したばかりに、塚本千春は友人をつくるきっかけをなくしたのだ。ひらがなばかりが並ぶ官能的な作風は、ありがちだが作為的だという意見が大多数。ほぼ八割は悪評だった。だが、と巴は自分の口元が歪《ゆが》んでゆくのを止められない。合評で会員が並べたことはほとんど反映されていないが、巴が指摘した視点の揺れや、過激あるいは直接的な表現がほとんど消えている。

せっせとノートに書き込んでいたのは、荒削りなものをどうやって作品として仕上げてゆくかということだったのだと気づいた。生徒の姿勢としては褒めたいところだが、どういうわけか塚本に関しては不愉快さのほうが勝っている。なにを言われたわけでもないのに、どこかで師としての腕を誹《そし》られているような気がするのだ。

さいしょにふれたひと　は
さようなら　のじょうずなひと
なんどもふたりに　なっては
またひとりに　もどりました

ともすると演歌調になりそうな言葉が、ひらがなであるがゆえにぎりぎりのところで読む者の意識を一定に保っている。既視感があるのはぬぐえない。すでにこの試みは誰もがやっていることだ。ただ、それのみで一冊にした詩集は巴も初めてだった。おそらくこれは塚本千春の告白なのだろう。一編ずつ提出しているときは気づかなかったが、この流れは彼女の半生かもしれない。詩という形式を悪用している。こんなもの、と思いながらも次の行へと視線が移ってゆく。

あのひとは　わたしにはいってきたけれど
わたしは　あのひとにはいることができなかった
ぬるいたいおんが　いったりきたり　ずっと
おわりがくるのを　まっていた

腰のあたりからじわじわと欲望が這い上ってくる。こんな稚拙な、詩ともいえないものに欲情するなどあるわけがない。巴は酔いの置き土産だろうと高をくくり、それでもワープロの文字を追い続けた。

はてても　いいですか　もういいですか

という一行にたどり着いたとき、置き土産にしては深刻なほど体の中心が熱くなった。

おそらく提出したものを書き直す際に書き加えられたものだろう。塚本千春の、胸の谷間が脳裏を過《よ》ぎる。細い肩や胴とはひどくバランスの悪い胸元。頭のなかでどんどん塚本の衣服を剝《は》いでいることに気づき、うろたえる。

頭から胸、腹からその下へと血が集まっている。冗談じゃない。左手で、戒めるつもりで持ち上がったものをおさえた。さっぱり効果がない。悔しさとこのあとの甘みを想像すると喉が渇く。

作中の「わたし」は、何人もの男と交わりながら決して気をやるということがなかった。冷静に男たちを観察して、観察しつくしていた。こんな女と、誰が――。しかし欲望は素直に巴を内側から圧してくる。

やっとつよい張りから解放されたのは、最後のページにたどり着くころだった。

からだから　すべりおちてゆくいのちの
あたま　と　かた　と　て　と　あし
すべて　わたしからでてしまい
あぁ　わたしは　はははなれない　と
おもったので
にげてきました　どこですか

　このくだりは初めて読んだ。詩はそこで終わっている。これが彼女の半生だとしたら、塚本は子供を産んだことがあるのか。そこで母にはなれないと自覚するところは「おもったので」を二行にすることでおかしな効果を生んで、作者の逡巡《しゅんじゅん》と切なさが迫ってくる。そして最後の二行だ。

　にげてきました　どこですか　　ここは——

　この安っぽい演歌調のひらがな作品は、ひとの心をミスリードする。自己憐憫《れんびん》を排除してあることで、良くも悪くも、人の気持ちを浄化し排泄《はいせつ》してしまう。評価は真っ二つに分かれるだろうが、ひとつでも好意的な意見をとりつけたら、そこから先は強いだろう。現在の審査員で『女体』を推しそうな顔ぶれを思い浮かべる。ひとり、ふたり。いやな予感がする。最終選考に、残るのではないか。

　九月の合評会は、雨降りだった。同窓会がきっかけでふたりの会員が復帰した。老親の介護から解放されて、以前通っていたころよりも生き生きとしている。提出された詩も、生活の苦しみを中心にしたものではなくなり、生きることに対する謙虚な視点が前に出てきている。巴はこうした「本人の浄化」が大切だと伝えてきた。まず自分が透明になること。ひとに訴えるものが濁っていてはいけない。

教室の隅々へ視線を送り、挨拶を兼ねてこの会から文学賞に応募された詩集の紹介をした。すでに仲間たちには送付済みのようだ。塚本の『女体』を紹介すべきかどうか、朝まで迷った。ほかの四冊に比べて、彼女の一冊は私家版だし誰にも配られている様子がない。晴れたらやめよう、雨だったら少し触れよう。決断を空まかせにしたバチが当たった。まだ外は雨が降っている。

「この四冊のほかに、今回は塚本さんも上梓《じょうし》されています。私家版とうかがいました」

教室内がざわめいた。意外、まさかといった言葉が囁《ささや》かれている。ひとりふたり、そして全員が教室のいちばん後ろの席にひとりぽつんと座っている塚本千春を見た。塚本がボールペンを握ったまま頭を下げた。

「今までここで発表してきた作品を、一本に繋げて編まれていました。勉強の成果がでていた一冊だったと思います」

いちばん前に座っていた、次に賞を取るのは彼女と言われている会員が手を挙げて言った。

「先生、それって散文詩ってことでしょうか」

「まぁ、そういうことになるかな。私家版なのでみなさんに行き渡るのは難しいんですよ。そうですよね、塚本さん」

塚本千春がうなずく。細い目元に暗さを漂わせ、女たちの視線に耐えているように見える。衿《えり》が伸びたTシャツは、露出の多いワンピース姿が別人だったのではないかと思えるくらい、地味というよりはくだけすぎた服装だ。今日もいちばん後ろの席で教室の空気全体から無視されている。

「なんでも挑戦ですから。立派な装丁であるとか私家版であるとか、そういうことはあまり関係ないはずだと僕も思いますし」

わずかなどよめきのあと、巴の「挑戦」という言葉がうまく作用したらしく、教室は再び発表を待つ高揚感を取り戻した。装丁は関係ないなどという大嘘をついたあとは、なにやら巴の弁舌も軽くなった。結果、普段は言わない駄洒落《だじゃれ》を言って教室を沸かせた。

雨は生徒たちが帰ってからも降り続いていた。巴は静かになった教室内で、ぼんやりと建物の間に四角く切り取られた海を見ていた。そろそろ帰るか、と鞄と傘に手を伸ばしかけたところでドアを叩く音がした。薄く開いたドアの隙間から、塚本千春が顔を出す。

「すみません、ペンケースを忘れてしまったみたいで」

会議机の下にある荷物棚を覗き込み、塚本が紫色のケースを手に取った。

「ありました、失礼しました」

「あ、ちょっとお時間ありますか」

巴が声をかけると「はい」と応え、塚本が窓のそばへとやってきた。ボーダーのTシャツにジーンズ。着飾ってくるほかの会員たちとは最初から、仲良くしようという気もなかったのだ。この女は、やはり周囲を小馬鹿にしている。

「今日は、あんまり感想らしい感想をお伝えできずに、すみませんでした。いただいた詩集、拝読しました」

「ありがとうございます」

華奢な体に、胸の盛り上がり。バランスを欠いた体型、作風と本人から受ける印象の乖離《かいり》。先に沈黙に耐えられなくなったのは巴のほうだった。

「塚本さん、どうして詩を書いてみようと思ったの」

「短いので、自分にも書けるかなと思って。でも思ったより難しいです」

「短いほうが、難しいんだよ。小説なんて説明ばかりでしょう。詩は凝縮の文学だから」

自分が若いころ、小説家を目指していたことは誰にも知られていない。何度か商業誌に応募して、一次を通過するだけに留《とど》まったことを口にしたことはなかった。塚本の瞳が、巴のそんな心を見透かすように光った——気がした。

「君、もしかして小説を書いてみたいの」

「できれば。はい」

悪びれもせずうなずく女に、どんな顔をしていいものか迷った。詩作と並行して散文を書きたいと思っている者は多かった。もともと小説家を目指していた者はもっと多いだろう。教室にも数人、両方書いている者がいるのは知っている。筆名が別で、誰も気づいていない場合もある。若いころの巴のように。

巴が、小説で世間に打って出るのをあきらめたのはいつだったろう。ずいぶんと早くに見切りをつけた気がする。あのころは、六十まで生きることなど想像もしていなかった。

この女、書くかもしれない。唐突に立ち現れた感情は、恐怖だった。

「塚本さん、失礼だがおいくつだったかな」

「三十八です」

先に年を訊ねてしまうと、後から後から質問が湧いてきた。どこに勤めているのか、家族はいるのか、どこの生まれなのか。抑揚もよどみもなく、塚本が答える。

勤め先は、若いころに世話になったという女が経営しているカフェバー『Kyrie《キリエ》』だという。主よ憐れみたまえ、という意の店名には記憶がある。女店主には実の父親を殺してしまった兄がいたはずだ。いっとき街が大騒ぎしたことなので巴もよく覚えている。

生まれは札幌にほど近い街。家族はいないと言った。

「塚本さんの詩には、告白と懺悔《ざんげ》の気配があるよ。読者に、邪推を許す隙間がある。その邪推の方向をコントロールできるようになると、なんでも書けるようになるんじゃないかな」

「なんでもって、なんですか」

意外な方向からの質問に戸惑いながら、「詩でも小説でも、なんでもだよ」と答えた。こういう質問をできることが、この女の愚かなところなのだ。しかし、と巴は居住まいを正す。

「とにかく、なにを書くにしても勉強はしたほうがいいと思いますよ」

「先生の教室に通う以外に、どんなことをすればいいですか」

「詩の書き方とか、形式とか、型を破りたいのならなおのこと、基礎だけはちゃんとおさえておいたほうがいいと思う。この教室はもう何年も続いて仲良し同好会のようになっているし、年間カリキュラムを組んで初歩からという感じでもないからね」

「そうですか」

うなずいているが、細い眉が寄っている。雨脚が先ほどより強くなったようだ。

「もしも文章の書き方を勉強したいなら、僕の持っている本を貸し出すから、いつでも言ってください」

「本当ですか。先生のご都合のよろしいときに、わたしはいつでもけっこうです。ありがとうございます」細い目が倍も開いたように見えた。

「僕はこの春にリタイアしてるから、いつでも暇ですよ」

なんなら、と言いかけたところでまんまと彼女の策略に引っかかった。同時に、自分が望んだ方向へと流れていることにも気づく。なるべく彼女の胸を見ないよう気をつけた。

「教室から家まで、歩いて五分です」

言ってからほぼ十分後に、塚本は巴の家の玄関にいた。

「まあ、散らかしているけど、どうぞ」

「お邪魔します」

好きなものを持って行っていいからと、本棚のほうを指差した。

言っているほどには遠慮のない動作で、塚本が書斎へと入る。ふすまも取り払ってほぼひと部屋の状態なので、取り繕うこともできない。起きたときのまま、よれたシーツがむき出しになっているベッドは、直せば余計おかしい。彼女がベッドを気にしない様子で書棚のほうへと歩いて行ったことも、巴の内側を見透かしてのことではないかと思えてくる。勘ぐればいくらでも、どこまでも妄想だけが膨らんでゆきそうだ。

「巴先生、小説の書き方について書かれた本がずいぶんあるんですけど」

「あぁ、いちおう知識としてね。でも、若いころに買ったものだから、今のひとには合わないかもしれないな」

「そうなんですか」

こちらの言葉にうなずいてはいても、彼女の手は本を引き抜いている。お茶を出そうにも、ここ数年家に誰かが訪ねてくるということもなく過ごしており台所は荒《すさ》む一方だ。朝はトースト一枚で済ませ、昼と夜を兼ねた食事を散歩先で摂ったあとは、酒と肴《さかな》で一日が終わる。古本屋を何軒か回って、好みのものを見つけられれば収穫だった。

塚本の手に、二冊三冊と本が重ねられてゆく。背表紙には「文章の書き方」「作文三昧《ざんまい》」「小説を書いてみよう」とある。頬から額の熱が一気に上がる。恥ずかしさが怒りに変化する。塚本がその三冊を手にしてデッキチェアに腰を下ろした。まるで自分の部屋のように、自然な動作だ。この女を家にあげたことを改めて後悔した。

「お茶の用意もなくて、すまないね」

薄暗い部屋の真ん中に座り、こちらに顔も向けずに「おかまいなく」と彼女が言った。巴としては早く帰ってもらいたい一心の言葉も、女には届かぬようだ。ページをめくる音が部屋に響く。呼吸をするのさえはばかるような静けさだ。いつもと変わらぬ部屋の中に、ひときわ体温の高い場所があった。デッキチェアの背もたれから、塚本千春の細い肩先がはみ出している。この部屋に、最後に女がやってきたのはいつだったろう。やはり、人間関係がうまくゆかずに教室を去った女ではなかったか。

デッキチェアの背もたれに、一歩ぶん残して立ち止まる。背後に立つ巴に気づかぬのか、気づいていて本に没頭しているふりをしているのか。

「塚本さん、将来的にはやっぱり小説のほうに行きたいんですか」

女は巴のほうを振り向きもせずに「ええ、できれば」と言う。厳しい世界ですよ、と吐き出す。

「先生この本、大切なところに傍線が引いてあるので、すごく助かります」

巴の内側に、怒りを超えてつよいかなしみが広がった。夢の残骸《ざんがい》が輪郭も露《あら》わに目の前に滑り落ちてくる。こんなもの、と捨てた景色がきらきらと輝いている。言葉にするには勇気が必要で、それゆえ真正面から対峙《たいじ》することを避けていた、これは自分の廃棄物だ。

「先生も、小説家になりたかったんですか」

「若いころね。本を読むのが好きだったから、あこがれた仕事ではあったけど。でも僕はほら、思考の方向が詩に向いてるから」

「なんであきらめたんですか」

しつこい女だ。繊細な部分などみじんも持ち合わせていない。この女に物書きは無理だ。

「塚本さんの、『女体』だけどね。あの作品の良さは荒削りで冒険心に満ちた告白だと思うんだ」

女が顔を傾け、巴を振り返る。首から胸にかけての線が張って、彫刻のように美しい。そこだけだ、と戒める。女ならばみな持っている線だ。

「ありがとうございます」

「でもね、ああいった作品で世に出ようとするのは間違っていると僕は思うね。奇をてらったところで、土台の薄さが露呈するだけなんだ。もう少し勉強したほうがいい」

「どんな勉強をすればいいんですか」

彼女は上体をひねり、両手を背もたれに掛けた。巴を見上げる瞳が、薄暗がりのなかで濡れ光っている。右手を女のほうへ差し出す。「その本を――」、言いかけたところで、女の手が伸びてきた。

柔らかい胸に触れた。久しぶりに、湿度の高い体温を手に入れる。『女体』を書いた女の体に埋もれたところで、と思う。「どのみち、こういう女なのだから」という言いわけが、するりと胸に落ちてくる。

若いころより、思いのほか遠慮のない交わりになった。急がなくては、高ぶりが去ってしまうという恐怖がある。巴は、無事終りまでたどり着いた行為に安心してベッドを降りた。

三十分後、巴はひとりで漂いくる潮のにおいを嗅《か》いでいた。女の残したにおいかもしれない。秋口の雨に湿った家の、壁からしみ出す過去のにおいだろうか。

柔らかな肌の代償がなんであるか、考えるのはやめた。遅かれ早かれ、彼女は教室を去ってゆくだろうと思った。それまで隠し通せばいいのだと自分に言い聞かせた。

十月の初め、新聞の片隅に「道報新聞文学賞　現代詩部門受賞『女体』塚本千春」の記事を見つけた。小説・評論部門は該当者なし。紙面をめくると、塚本の顔写真とインタビュー記事が掲載されていた。

今後の抱負などはありますか。

これをひとつのきっかけにして、いろいろなジャンルのものに挑戦したいと思います。

たとえば、どんなジャンルでしょうか。

小説とか──。

記者の質問は、どのような小説を書きたいのかという方向へ流れてゆく。活字で目にする塚本の発言は危険きわまりない。

「『女体』で書いたことを、さらに進化させていけたらと思っています」

さらに進化、と声に出してみる。巴は胃の腑《ふ》からいやなものがせり上がってくるのを感じながら、女の写真を見た。寝乱れたベッドの上で交わした言葉をひとつひとつ記憶から取りだす。

「先生、すてきでした。いい経験になりました。ありがとうございます」

あんな言葉に、一瞬でも浮かれた自分を恥じた。

あの日のことを、書かれるかもしれない。

恐怖の色合いは、金属光沢のある玉虫の上翅《じょうし》に似ていた。少ない光をかき集めて、光る。

翅《はね》を休ませるたびに、光っている——。

冬向日葵《ふゆひまわり》

日本海も波が荒くなり、波の花が舞い始めた。賑《にぎ》わいを失ったニシン場だ。潮のにおいに切り取られた鈍色《にびいろ》の景色が、冬が近いことを告げる。

夏のあいだは海水浴客で賑わっていた浜も、十月に入ると人の足跡を消して雪を待つ。

能登忠治《のとちゅうじ》は食器を洗い終えたあと、火の気を確認した。もともとは五人も入れば満席の一杯飲み屋だった。町には単線の鉄路に寄り添うように、ちいさな飲食店がいくつかある。飲み処『咲子』の売り上げのほとんどが、今は持ち帰りのザンギになっていた。鶏のもも肉をぶつ切りにして醤油《しょうゆ》やみりん、砂糖で下味をつけたものに片栗粉をまぶして油で揚げる。忠治が北海道に渡ってきて最初に出会った、土地の味だ。

今日は電話予約が二件、八人前の売り上げがあった。仕入れや諸経費をさっ引くと、儲《もう》けがあるかどうかぎりぎりの収入だが、油が熱いうちにあるものをくぐらせれば、とりあえず自分の口には何か入る。季節のもらい物を冷凍しておけば、なんとなくひと冬過ごせるのも漁師町のありがたみだ。

　さて、と油の染みた前掛けを外す。火の気のなくなった三坪の店内は、もう酔い客の声を忘れている。忠治は明かりを消すと必ず、もうそれが毎日の習慣なのだが、『咲子』に居着くきっかけとなった夜を思いだす。

　駅の張り紙や駅前交番の掲示板には相変わらず忠治がいた。毎日仕入れに市場へ足を運ぶ際に必ず見る。殺人と放火。十二年前、東北のちいさな町で犯した罪によって、忠治は本当の名前も知人も居場所も失った。ときどき、もう自分さえこの世にいないのではないかと思うことがある。

　駅に降り立ち、初めて『咲子』の暖簾《のれん》をくぐったのが八年前だった。まだそのころは、馴染みの漁師がぽつぽつ来てくれていたという。

　忠治は店の外に響いてくる明るい女の笑い声に誘われて、戸を開けた。

「いらっしゃいませ」

　客の視線を避ける用意をしていたのだが、店内には女将《おかみ》しかいなかった。彼女がひとりでテレビを見ながら笑っていたのだと気づいて、忠治も思わず笑いそうになった。女は久しぶりの客だと言って喜び、酒を注いでくれた。忠治はなにやらいろいろ混ぜ込んだような味のする酒をコップに一杯飲んだ。そのとき彼女が出してくれたのが

「ザンギ」だった。

「昔住んだことのある町の名物なの。あんまり余所《よそ》の土地じゃ見かけないから、珍しいかなと思って作ってみたんだ」

店に閑古鳥が鳴いていても、テレビから流れる漫才で笑える女というのが気に入った。追われる身となってからは半年ごとに住まいを替えた。半年保《も》たないこともある。町の景色に溶け込んで、居心地が良くなってくるあたりが去りどきだった。

あまり長居をするつもりもなかったのに、八年が過ぎた。女は六十を過ぎ、自分はその十も上だ。ここ数年で、指名手配の顔写真は忠治本人も別人ではと思うほど変化した。ふと見る鏡の中の顔は、名を変えたゆえか妙に柔らかだ。

店の戸締まりを終えて、歩いて一分の借家へ戻る。借家といっても二軒長屋の安普《やすぶ》請《しん》で、隣はもう何年も空いたままだ。生活に窮するふたりにとって、月に一万円以上の家賃は支払えない。どんなに厳しい冬が待っていても、ここに住み続けるしかなかった。

咲子と一緒にいるとあまりものごとを悪いほうへと考えなくて済んだ。彼女がテレビ番組ひとつで笑える性分だったせいもある。お互いにひとりのままであったなら、店も生活も続けてはこられなかったろう。

家の鍵などあってもなくてもいいほどに建物全体が弛《ゆる》んでいた。こんなことのひとつひとつを、咲子はよく口に出して笑った。忠治は店から持ってきたにぎりめしと、鮭《さけ》のフライを包んだアルミホイルを手渡した。

「ただいま」「おかえりなさい」毎日繰り返される言葉が尊く思える。咲子の頬はそげ落ちており、頼りない蛍光灯の下で見る顔は土気色だ。店にはもう立たせられないと思ったのがひと月前だった。

半年前に「おっぱいがこんなんなっちゃって」と言ったときも、咲子は笑っていた。青黒く変形した乳房が、内側から膿《う》んでいた。どうしてこんなになるまで言わずにいたのか。そう思う傍ら、気づかずにいた忠治のほうがおかしいのだと気づいた。

「ずいぶん寒くなってきたねぇ。チューさん、暖かいもん着てちょうだいね」

短い返事をする間に、焼酎《しょうちゅう》のお湯割りが出てくる。夜中に全身の痛みでうめき声を上げているというのに、起きているあいだは元気なふりをする女だった。忠治はお湯割りをひとくち飲んで、敷きっぱなしになっている布団の端に腰を下ろした。

膝頭《ひざがしら》ひとつぶんの隙間をあけて、咲子が隣で鮭フライに箸をつける。もう、ものを噛《か》むのも億劫《おっくう》なくせに食べている姿を見せようとする。なぁ、と話しかけた。

「病院に、行けや」

「やだ。お金かかるし」

もう治らんのか、と訊ねれば「うん、無理」と答える。日常会話に、ごくごく普通に死ぬ話が挟み込まれるようになった。

「ひとりになったら、チューさんどこに行くのかねぇ」

「ここにいるさ、ずっと」

「駄目だよ。あたしがいなくなったら、また旅に出なさい」いつもそこで会話が終わる。

確かに、ずいぶんと長く居着いてしまった。正直なところ咲子がいなくなった店で鶏を揚げるのもなにやら侘《わび》しい。戻ったあばら屋に取り残されることを思えば、いっそ朝を待たずに彼女とふたり、波の花が舞う海にでも入ったほうがいいような気がしてくる。お湯割りの焼酎では体が温まらない。

「心残りは、ないか」

「毎日そんなことばっかり訊かれたってさ」

「ひとつくらいなら、叶えてやれるかもしれないだろう」

ひとつかぁ、と咲子が言った。鮭フライはさっぱり減っていない。おいしい、と言ったくせにまだそのひとくちを飲み込めずにいるのだった。咲子がテレビの音量をひとつ上げた。ヨーロッパ映画のようだが、どこの国のものだろう。咲子は「この俳優、好きなんだ」と言う。

「会わせてやろうか」と言いながら、コップに残っていたお湯割りを飲み干した。

ごつごつした肩先を忠治の腕にぶつけながら、咲子が笑う。喉がつぶれたような笑い声だった。

「会わせてくれなくてもいいから、元気でいるかどうかだけ知りたいな」

「この役者がか」、テレビ画面を指さす。咲子は違う違うと言って、骨と皮になった手をひらひらと横に振った。

「一回だけ、子供産んだことあるの。親らしいことなんにもしてやれなかったから、あわせる顔はないんだ。だから」

映画が終わるまでのあいだに忠治が知り得たのは、咲子には十八のときに産んだ娘がいるということと、その娘が同じ日本海側に面した小樽の街に住んでいるらしいということだった。

「道東で、少しのあいだ一緒に暮らしたことがあるの。でも、あの子のカード使ってお金借りて、そのまま逃げちゃったんだ」

それからは一切連絡を取ってもいないという。

「ここに流れてくるちょっと前、自分の親が死んだことも知らないで実家に帰ったんだよ。駐車場になってるのを見てぼんやり突っ立ってたときに、小樽にいるってこと近所の人に聞いたの」

「会いに行かなかったのか」

「どのツラ下げて行けばいいのか、わかんなかったもの」

なんの確信もなく「会わせてやる」とつぶやいた。咲子がゆるゆると首を振った。

「それはいいの。けど、元気でいるかどうかだけ知りたいなと思って。小樽の、なんだか洒落た名前のお店で働いてるって聞いた。もう四十四になったかな。店の名前、横文字だったんで忘れちゃった。あたし頭悪いから」

塚本千春、小樽、という十年以上前の情報だけで果たして人を探せるものなのかどうか、忠治は精いっぱい神経を集中させる。これほど駅や交番前に自分の昔の名前と顔と放火殺人という大きな文字が踊っているのに、警察でさえ自分を探し出せていないではないかと思う。いや、それとこれとは話が違うのだと考えを振り分けるが、うまく臓腑《ぞうふ》に落とせなかった。忠治は、この期に及んでも「一緒に死のう」と言い出さない女の笑顔を覗き込んだ。

「元気かどうか、見てくれればいいんだな」

咲子がうなずく。忠治は立ち上がり、台所でもう一杯焼酎のお湯割りを作り、一気に腹へと流し込んだ。

三日後の午後四時、忠治は小粒の雪が潮風に舞う小樽の駅前に立った。札幌までは長距離バスで三時間、札幌からは快速電車に乗った。降りたってみれば、暮らしたこともないのに懐かしい感じのする町だった。ここも冬場は雪で何もかもが覆われるのだろう。けれど同じ日本海側でも、観光客が多い土地は住む場所と見る場所、両方の景色を持っている。次に紛れ込むのならこの町ではないか、という思いが胸をかすめた。

咲子の、生き別れになっている娘がまだここにいればいいのだが。

細かな雪は、アスファルトにたどり着く前に水になってしまうようだ。なにやら今日の成果を暗示しているように思えてくる。

東北の田舎に降る雪とは粒の大きさが違った。生まれ育った地の雪は、忠治の記憶のなかで常に薄い灰色をしている。借金の返済を待ってもらうために土下座をした先で、罵倒《ばとう》された瞬間に心に点いた火が大きな罪を生んだ。こんな季節ではなかったか。気づくと最後の最後に心頼みにしていた人間が血だらけで倒れていた。手にかけた日の、あの現実感のなさ。あれからいったいどれくらい時間が経ったのだろう。

捕まるより逃げ続けるほうがよほど気力が必要だ。途中、そんなことを感じながら生きてきた。咲子の病を知ってからは、逃げる理由もかすみそうな日々となった。

傘をさして歩いているのは通りをゆく人間の半分ほどで、あとはコートの肩が濡れるに任せて歩いている。忠治は持っていた傘を広げた。骨の一本が折れていた。たこ糸で補修したのだが、広げればそこだけ傘が内側に引っ込んでいる。折れた骨をくるりと背後に回した。駅舎内で手に入れた観光マップと飲食店の案内パンフレットに視線を落とした。

「洒落た名前の店」はいくつもあった。寿司屋なのか喫茶店なのかスナックなのか、当てずっぽうに歩いていたら、一週間あっても足りないだろう。忠治は構内で十軒ほどの店名に目星をつけた。おおかたは勘でしかなく、ようやく咲子が思いだせたのが「洒落た名前で三文字」だった。

『スワン』『リルケ』『サブリ』『タバサ』『シルク』『キリエ』。咲子が覚えられなかった基準をどこにするか迷うところだが、明らかに女の名前というのは外してみた。それも入れてしまうと倍以上の数になるからだ。どこかに泊まる暇と金があるのなら別だが、懐にそんな余裕はなかった。

深めにさした傘の下から駅前をぐるりと視界に入れた。観光マップを広げる人々に紛れて、三文字の洒落た名前の店が集中する繁華街へと歩き出した。

忠治は観光マップを広げたまま店の従業員の年齢を推測してみた。現在四十四歳。夜の店ならばもっと若く見えるかもしれない。咲子に似ていればいいのだが。

一軒目の店は若い女ばかりで、店に足を踏み入れる前にドアを閉めた。二軒目はカレー専門店。店の名の文字数よりもカレーという情報のほうが強い気がして、ドアを開けるのをやめた。少しでも情報に寄り添うことにした。駄目なら駄目だったときとも思う。

『タバサ』はまだ開店前のスナックだった。店の前で四十代とおぼしき女がバッグに手を入れ鍵を取り出した。忠治は女の背中に、思い切って「すみません」と声をかけた。

「ここに塚本千春さんというかたはお勤めでしょうか」

最初いぶかしげな視線を向けていた彼女は、忠治の目を覗き込んだあと優しげな目になった。この町で女を探す老人など、特別珍しくもないのだろう。

「うちにはいません。でも名字が塚本かどうかは知らないけど、千春さんというひとなら知ってます」

「どちらにいらっしゃるんでしょうか」

「お客さん、東北のひとですか」

「親がもともと。自分はこっちの生まれです。わかりますか」

彼女は自分の親を思いだしたから、と笑った。説明が過ぎたろうか。あまり訊ねられることもなくなっていた訛《なま》りを指摘され、戸惑いながらこちらも笑う。女は狐《きつね》の尻《しっ》尾《ぽ》のようなキーホルダーを鍵穴から引き抜きながら「キリエ」とつぶやいた。

「『キリエ』にいるひとだったと思うの。借金取りには見えないから教えるけど。親戚かなにか？」

「いや、ちょっと頼まれごとをしていたもんだから」

少しも答えにはなっていないが、女はそれ以上の質問をしてこなかった。大きな通りをまっすぐ行って、三つ目の信号を折れたら小路があるので、そこでまた誰かに訊いてくれと言う。忠治は短く礼を言って『タバサ』の通りを海に向かって歩き始めた。

雪がいつのまにか雨になった。店先からこぼれ落ちる灯りでアスファルトが光っている。そのくせ先ほどより耳に感じる気温は下がっていた。咲子は今ごろなにをしているだろう。忠治は自分が留守をしているあいだに女が息絶えることのないよう祈った。祈りながらまだ、自分の行動を疑っていた。出がけに咲子が言った言葉を思いだす。

「知らなければ知らないで、別に気にしないで死ねるから。だいじょうぶよ」

結局、咲子も知りたいと言いながら特別な結末が欲しいわけではないのだ。たとえ知り得たとしても、なにが変わるわけでもない。知らなくてもいいことはそのままにしておける女の明るさが、ふたりで海へ入ることをさせなかった。楽になる方向が違うのか似ているのか、八年一緒に暮らしてもまだわからない。

『キリエ』の看板は『Kyrie』と表示されており、たどり着くまでに二度道を訊ねた。町の灯りが増えて、濡れたアスファルトが通りをゆくヘッドライトを吸収している。忠治はあたりを見回してから『Kyrie』のドアを開けた。

まず濃いチーズの香りが漂い、そのあと忠治にはわからぬジャンルの音楽が飛び込んできた。店は午後三時からの営業らしい。すでに先客がカウンターにひと組、三つあるテーブル席では女が三人、財布を出して会計の準備を始めていた。

カウンターの端から二番目の席に腰を下ろした。ピザとパスタ、数種類の芋《いも》料理が売り物のようだ。忠治はワインのことはよくわからない。カウンターの中から、水の入ったグラスとメニューを持った女が出てきた。これが千春だろうかと、女の顔を盗み見る。四十過ぎにも三十半ばにも見える。女の年をあれこれと推測するのは苦手だった。

渡り歩いた土地のあちこちで「誰が誰と似ている」という話をするのも女たちだった。いつ駅前や交番に貼られたポスターの指名手配犯に似ていると指摘されるか。常に冷や汗をかきながら逃げ続けていたのだ。そういう話題からは遠ざかろうとすればするほど、「似ている」という言葉は忠治を追いかけてやまなかった。女の視線から遠いところにいようと気をつけているうちに、いつしか咲子以外の女と目を合わせることもなくなった。

「ご注文がお決まりになりましたら、呼んでください」

カウンターの中に戻ろうとした女に、白ワインの辛口でおすすめはあるかどうか訊いてみる。

「すみません、ワインのことはよくわからなくて。辛口ならいけるかなと思いまして」

「こちらならば、すっきりとして飲みやすいと思います」

開かれた酒のリストを見る。食事メニューは芋料理のいちばん安いものにした。名前だけでは何が出てくるのか見当もつかないが、ワインだけというわけにもいくまい。

女はゆったりと微笑んでリストを閉じた。

カウンター席の角を挟んで四席向こうに座る中年男が彼女に向かって「今日のカルパッチョ頼むよ」と声をかける。振り向いた女が「はい」と応えた。男が、彼女を名前で呼んだ。忠治の心臓がぐらりと前後に揺れた。

「千春ちゃん、あれなの、まだいろいろ詩とか小説とか書いたりしてるの」

「まぁ、少しずつね」

「でもさ、地元新聞の賞をひとつ取ったくらいじゃ、飯なんか食えないだろ」

「当たり前じゃない」

「金にもならないことやって、どうするのさ」

「好きなだけ。お互いさまでしょう、それは」

男は酔っているらしい。しきりに同じ話題で絡まろうとしている。次第に話の内容が露骨になっていき、金の話が多くなった。彼女もやや面倒そうな顔で相手をしている。厨房《ちゅうぼう》から少し年配の女が顔を出した。店の主だろうか。『Kyrie』は女ふたりで切り盛りしている店なのか。

「お待たせいたしました」

忠治の前に、白ワインのグラスが置かれた。厨房の女から千春へと、四角い皿が渡された。ワイングラスの隣に、ジャガイモをつぶしてソースをかけたような料理が並んだ。忠治は何を使って食べるのかわからず、視線を泳がせた。気づいた千春が「すみません、こちらです」と言ってカウンターに置いてある細長い籠《かご》を示した。見れば、中に銀色のフォークとナイフが交互に並んでいる。礼を言うと、微笑み目を伏せた。忠治の視線はそこで止まる。間違いなかった。母親よりずっとふっくらとした顔立ち、年なりに肉厚な体をしているが、この子は間違いなく咲子の子だ。伏せた目元と鼻、唇の配置が咲子にそっくりだった。

忠治は自分の目を信じた。

「千春さん、とおっしゃるんですか」

はい、と返しながらいぶかしげな表情を見せまいとする。そんな頬の動きや唇の動きも、忠治の知らない若いころの咲子を想像させた。どんな字を書くのか、と訊ねる。

「数の千に、季節の春です」

「盗み聞きするつもりじゃなかったんですが。ここのお仕事のほかに何かされてるんですか」

千春はちらとカウンターの酔い客に困惑気味の視線を走らせた。

「まぁ、趣味みたいなものですけど」

「失礼ですが、本を出されたりしてるんでしょうか」

「自分で紙を束ねて表紙をつけているだけです」

本当に趣味なんです、と言うときの千春は恥ずかしそうな、それでいて卑屈には見えない笑顔だ。ふたりから受ける印象は大きく違うが、忠治の中では咲子と千春が寸分の狂いもなく母と娘として重なっている。

「生まれは、小樽ですか」

「いいえ、違いますけど。お客さん、そちらのお仕事ですか」

ペンを持つ仕草で訊ねられ、いや、と答えそうになり慌てて「そう見えますか」と返す。

「書いてるとしたら、すごくこっそりかなって。書いてる自分が好きな人とそうじゃない人と、なんとなく最近わかるようになってきたから」

「そちらは、いずれお仕事に」忠治は語尾を上げた。千春は目を伏せ、咲子にそっくりな表情で「いつか、そうなればいいなって」と笑った。

腹の奥から、この女に早く咲子のことを告げろという声が聞こえてくる。気道を上昇して耳のあたりまでやってくるが、音にはならない。早く、明日にも死にそうな母親のことを報せるのだ。それができるのは自分しかいない。あの哀れな女に、死ぬ前に一度でも満足ゆく一日を過ごさせてやれ。そうすれば、と思った。そうすれば、なんのためらいもなくふたりで海へ入ることができる。冬場の海は時間をかけずに咲子を楽にしてくれるだろう。そして自分も服やズボンのポケットというポケットに石を詰めて海の底へ向かうのだ。

「そのいつかが、早く来ることを祈ってますよ」

千春の笑みがより咲子に近くなり、忠治の前から消えた。酔い客が彼女を呼んだのだった。男の前に立ち、グラスを磨きながら相手を始める。

「千春ちゃん、俺さぁ最近職場の若い女に『鯖《さば》が死んだような目をしてる』って嫌われてんのさ。わかってないよな若い女って。ハードボイルドがへらへら笑ってられるかよ」

「たまに笑えば、可愛がってもらえるかもよ」

「笑えるような場面なんて、ねぇよ」

「じゃあ、ずっと死んだような目をして生きてればいいじゃないの」

「なんだよ、千春ちゃんまでそんなこと言うのかよ」

「だって、そうすればいつか誰かが助けてくれるもの」

会話は唐突に終わった。新しい客が店内に入ってきた。慣れないフォークを使い、名前もわからぬ芋料理を口に詰める。ワインは辛口なのだろうが、薄めた焼酎ばかり飲んできた忠治には酸っぱかった。

　会計を頼んだが、やはり咲子の名前を口にすることができなかった。忠治の一方的な感傷をかたちにしたところで、自分が得たい場面を手に入れるだけ。そう思うだけでもう、尻込みしてしまう。娘との再会を望む女ならば、八年も素性のわからぬ男と暮らしたりはしないだろう。

　レジカウンターで釣り銭をもらいながら、本屋へ行けば千春の書いたものが手に入るのかと訊いてみた。彼女は「売り物じゃないんです」と言ったあと、少し迷う表情になった。

「いや、無理ならいいんです」

　千春がちょっと待ってください、とレジカウンターの下からはがきサイズの一センチほど厚みのある小冊子を取り出した。巷《ちまた》で見る本とは違い、カバーがかかっていない。表紙には『星々たち』とあり、その下に「つかもとちはる」と印刷されている。活字だけれど、手作りというのがよくわかる。

「恥ずかしいけど。よろしかったら」

　忠治は恐縮する女に何度も頭を下げた。咲子への、よい土産になる。元気でいたことを、報せることができる。

「ありがとうございます」

数秒歩いて、店を振り返った。ドアの閉まった『Kyrie』の看板文字が、ほのかなランプに照らされて夜に浮かぶ。灯りに背を向けて、駅へ向かって歩き出した。通りへ出るとヘッドライトがひっきりなしに行き交っていた。不思議と、寒さは感じなかった。ポケットに入れた千春の本が、忠治の体に暖をくれているようでもあった。咲子が喜ぶだろう。それしか思い浮かばない。

咲子、お前の娘はいつか作家先生になるぞ――。

そう言って手渡してやろう。だから、生きろ。思い残すことなくその日まで生きろ、と願った。

横断歩道を渡り、アーケードの下へ入った。すれ違ったコート姿の男の手にこうもり傘が握られているのを見て、忠治は足を止めた。『Kyrie』に傘を忘れてきた。

数歩戻り、いや待てと立ち止まる。回れ右をして駅へと向かう。そんなことを二度繰り返した。もう一度振り返ったとき、アーケードの向こう側に人だかりができているのが見えた。忠治は駅に向かおうとする足を一度つよく踏ん張ったあと、もと来た道を戻り始めた。

忠治が近づくにつれて、人だかりも増えてゆくようだった。もどかしく足を前に出す。人波の最後尾にいた男に声をかけた。

「何かあったんですか」

「誰か轢《ひ》かれたらしいよ」

聞いたすぐ後に救急車の音が近づいてきた。それを追うようにパトカーのサイレン。忠治は身を硬くする。古い記憶が足もとから這い上ってくる。あのときの音だ。山へ逃げ込み、県境を越えて、民家に入り着替えを盗んだ。脱いだものを川に放ったときも、いつも遠くでパトカーのサイレンが鳴り響いていた。遠くなり近くなりを繰り返し、波のように忠治に寄せ返す音だった。

人をかき分け、横断歩道の白線の前に出る。救急隊員が担架に毛布を掛けていた。顔は見えない。警官が、アスファルトに転がっていたものを持ち上げる。忠治は目をこらしてそれを見た。一歩も前へ進めなかった。

俺の傘だ――。

ゆらゆらと揺れながら、駅へと向かった。耳にはどんな音も入ってこなかった。パトカーの放つライトが、アーケードを赤く黒く繰り返し照らした。

雪が膝の高さまで降り積もった夜、除雪を終えて家に入った。咲子はもう、起き上がることができなくなっていた。忠治が下《しも》の世話をするたびに「もうちょっとだから、許してね」と繰り返す。黙々と、ほとんど血に近い色の小便が染みた紙おむつを丸める。もう、血も命も、咲子の体にとどまる力が残っていない。それでもまだ、謝る気力が残っているのが不思議だった。損な性分の女だと思う。

風が通り過ぎてゆく家の中に、咲子が放つ死のにおいが満ちていた。忠治はそのにおいを嗅ぐごとに、まだこの女は生きていると思う。同時に自分からも似たようなにおいが放たれているような気がした。

あの日、小樽から最終電車を使って札幌に戻った。始発のバスを待つあいだ、駅で買った新聞を端から端までさらったが、小樽で起きた事故の記事を見なかった。

家に戻っても忠治は朝と晩、事故の記事を探すために新聞を買った。「ひき逃げ犯逮捕」の記事を見つけたのは、二日後の夕刊記事だった。逃走後、車を乗り捨てて札幌の知人宅に潜んでいたところを、知人の親が通報したという。

知った人間を頼るからだ――。誰のための思いなのかわからぬ言葉が浮かんで消えた。記事では、「ひかれた女性は塚本千春さん（四四）。依然重体が続いている」と結ばれていた。重傷と重体の別がわからなかった。こんな無知だから、後先のことも考えずに人を殺せてしまうのだろう。風がつよくなってきた。玄関の戸が叩かれがたがたと鳴りっぱなしだ。

「チューさん」咲子が天井を見たまま、忠治を呼んだ。もう、唇に耳を近づけなければなにを言っているのかわからない。

「チューさん」

「なんだ、どこか痛いのか」

どこも痛くない、と咲子が言った。振り絞るような声だ。もう声というよりはかさかさに乾いた「音」だ。真冬に吹雪《ふぶ》いたときの、戸板に雪がぶつかる音にそっくりだ。チューさん、と咲子が続ける。忠治は一音も聞き逃すまいと耳を彼女の唇に近づける。

「もうちょっとだから。もうちょっとで、いなくなるから。そしたら、すぐに出ていってね」

「なんで俺が出ていくんだ」

「あたしがいなくなったら、見つかる。捕まっちゃうから、チューさん」

「俺がいつ捕まるようなことしたって」

「気づいてるの、みんな。チューさん、ひとりになったら駄目。ちゃんと逃げて。ここから出ていって」

能登忠治でいられるのは、咲子が生きているあいだだけなのだった。この町にきて、訊かれてから思いついた名前だった。前の名前は、もう忘れてしまった。時効などあるのか、という問いが胸の底から湧いてくる。うまい言葉が見つからない。なにを言えばいいのか迷い、千春の名前をつぶやいた。

「探せなくて、悪かった」

咲子の乾ききって血のにじんだ唇が、そのときだけ持ち上がった。

「さっき、会った」

「誰に会った?」

「千春。いい女になってた。おかあさんって、呼んでもらった」

忠治は思わず小樽に行ったときに着ていた上着を見た。ポケットにはまだ千春からもらった本が入っている。体を起こしかけて、思いとどまった。今、立ち上がり千春の本を取りに行ったら、そのあいだに咲子の息が絶えてしまう。最期の言葉は聞かねばならない。

「チューさん」

声は音になったそばから風に変わる。

「なんだ、咲子」

「千春、あたしのこと怒ってないって。よかった」

「そうか、よかったな。よかった」

数分後、大きく息を吸い、咲子は逝った。塚本咲子が絶えた瞬間から、忠治は再び名前を失った。吹き付ける雪の音だけが部屋に響いている。傍らに置いた一升瓶に焼酎が半分残っていた。瓶からそのまま、水を流すように一気に飲んだ。胃が熱い。電熱ストーブのプラグを抜き、灯りをすべて消した。室内は数秒ごとに熱を失っていった。

咲子の布団の横に大の字になり、天井を見上げた。眠ってしまえば、朝を待たずに凍りつく。除雪をしなければ、春までは誰も気づかない。雪の重みで屋根が落ちて、好都合かもしれぬ。

春、雪が溶けたら――。

俺はいったい、誰になるのだろう。

忠治の耳に、女の笑い声が響いた。テレビを見て、ひとりで笑っていた咲子の声だ。

「ねぇ、名前なんていうの。あたしは咲子。咲かない咲子」

「能登忠治」

じゃあチューさんだね、と言って楽しそうに目を細めていた。背中から、全身が古畳に吸い込まれてゆく。咲かない咲子、と繰り返す。

咲いたじゃないか――。

名前を失った男の耳にはもう、どんな音も入ってこなくなった。

案山子《かかし》

河野保徳《こうのやすのり》は十勝《とかち》連山の頂に残る雪を見上げた。四十七の年に叔父《おじ》が遺《のこ》した野中の一軒家に移り住んだ。冬に向かってゆく山々とは違う、空の青に映える稜線《りょうせん》の白は一日ごとにちいさくなってゆく。雪に埋もれた季節は薪《まき》ストーブの火がまるで己の命のように感じられる。それを良しと思ったり侘しいと思ったりする時間も、めっきり少なくなった。

朝起きて二坪ほどの畑の世話をして、不揃《ふぞろ》いな野菜や根菜を煮たり焼いたり。ときには川魚に塩をして焼いている。最初のころは物珍しさで溢れていた生活も、最近はなにを思うこともなく季節をやり過ごすようになっていた。

大学を卒業してから編集者しかやったことがなかったが、北海道十勝の南部に移り住んでからは薪割りのおかげで手のひらにペンだことは違う皮膚の厚みがでてきた。自分の手を見るたびに、おもしろいものだなと思う。週刊誌記者から小説誌の編集、出版部を経て編集長となり、編集部を数年まとめたところで、校閲部への急な異動が言い渡された。会社にとっては保徳がリストラのボーダーラインだったようだ。

妻とは四十のときに別れている。彼女は女性誌で昇進し、こちらは異動発令のあと辞表を出した。離婚届に印鑑を捺《お》す際の言葉ひとつが鮮明だ。

「これといって、不満なんてなかったの。別れる理由はこれからゆっくり考える。ごめんなさい」

無駄な諍《いさか》いを好まぬ組み合わせとしては、謝った者勝ちだったろう。

不満がなくても、理由が見つけられなくても、結婚生活を維持できなかった。自分になにが足りなかったのか、考えようとするとひどく頭が痛んだ。離婚を言い出したのは妻のほうだが、言葉にするだけ彼女のほうが婚姻関係に誠実だったのかもしれない。

別れ話が出たころ、担当と悶着《もんちゃく》してへそを曲げた作家の機嫌を取るのに奔走していた。久しぶりにふたりで食事をした夜だった。別れちゃおうか、という言葉に「あなた一瞬ほっとした顔をした」と彼女は笑った。引き留める言葉を放つ瞬間を間違えた。ほんの一瞬だったはずだが、顔も言葉も取り繕えなかった。

「なんでそういう話になるの」とタイミングを間違ったことを認めつつ訊ねた。「なんとなく」と彼女は答えた。裏表のないところが彼女の良さだった。腹を探るつもりがなかったことくらいはわかる。ふたりでいられる時間より、ひとりになりたいという欲求がいっとき勝っただけの、何気ないひとことだったと思い続けている。結果が出てしまったことがらにおいて、どちら側も悪者にしないための方便だ。

年に一度、お互いの休みが重なるか重ならないかという結婚生活だった。ひとりになってから改めて、休暇のやりくりも楽しい日々があったはずだろうと思った。子供がいなかったせいにはしたくない。それは自分にとっても妻にとっても、一度あきらめた命への後悔に繋がってしまう。生まれる前に殺した子供の年を数えるのは愚かだ。

東京で関わりのあった人間に冗談半分で「世捨て人になります」と告げ、十勝にやってきたのがこの時期だった。稜線の雪を見るとどうしても、古いことを思いだしてしまう。隠遁《いんとん》という言葉は逃げだろう。溶け残る雪に反応してしまうのも、逃げていることの表れだ。

山の雪がほとんどなくなるまで薪が必要だった。朝夕はまだ、東京の師走と同じくらい寒い。鳥のさえずりに混じって国道からオートバイが近づいてくる音がする。山から視線を降ろすと、じきに郵便配達が家の前までやってきた。訊ねたことはないが、保徳の半分くらいの年齢ではないか。ときどきの会話から知り得たのは、彼がずっとこの地から出たことがない、祖父母に育てられたということだ。毎度かしこまった挨拶も、人なつこさの一面だろう。畑の前に突っ立っていると、封筒を二通手渡し、彼が言った。

「少し暖かくなってきましたね、今年はなにを植えるんですか」

「芋と人参《にんじん》と、ネギですかね。越冬野菜が中心ですよ。葉っぱのものは去年虫がついて大失敗しましたから」

「葉物はうちのばあちゃんも手間暇かけてますね。ビニールハウスじゃないと育たないそうですよ。そろそろハウスの骨組みを出さなきゃならない。力仕事は僕の出番です」

山の雪がなくなるころには苗を植え終わる。種から芽が出て土から立ち上がるとき、命はもうすでに選択を許されなくなっている。育つしかない命を絶ちきった記憶が、尾を引いていた。放っておけばいつまでも在《あ》り続ける尾を断ち切らない。それはいつでもしがみつく場所を残しておく、人としての弱さだった。

青年は赤いオートバイにまたがったあと、そうだ、と言ってこちらを見た。

「国道のバス停で人が降りるのを見ました。あの人、河野さんのところのお客さんじゃないですかね」

女か男かはわからないが、松葉杖《まつばづえ》をついていたという。ここから国道までは一キロ近くある。隣といえる民家は三キロ以上先だ。一日に一往復しかしないバスを降りたとなれば、ここを訪ねてきたと思っていい。けれど松葉杖をついているという人間に心当たりはなかった。訪ねてくるという連絡も入っていない。もっとも客など年にひとりあるかないかだ。

越してきたころに、家族という群れから離れてしまった元の同僚が三人ほど「いずれ自分も仙人暮らし」とこぞって見学に来たが、冬場は二メートル以上の雪に埋もれると言うとみな、やはり南のほうがいいと笑った。

下手な同情をされるより、がっかりされていたほうが気が楽だ。彼らが北海道での仙人暮らしをあきらめるのは、保徳のせいではない。

エンジンの音を響かせながら、オートバイが水たまりを避け去って行った。再び、はて、と思う。松葉杖——。やはり心当たりはなかった。訪ね先が自分ではなくても、松葉杖で国道からどこかへ行くのは難儀なことだろう。誰かが迎えに来ているのならそれはそれでいい。山の端を一度見上げて、玄関の鍵棚から軽四輪のキーを手に取った。

国道に出るまでのあいだ、突然訪ねてきそうな人間の顔を思い浮かべる。どれも笑った顔ばかりなので安堵しつつ、しかし誰についても今の自分を訪ねてくる理由が見当たらなかった。

週に三枚、月間十二枚の原稿に割く時間がないという作家のゴーストエッセイを書いて糊口《ここう》をしのいでいるが、それもパソコンがあればこと足りる。どんなテーマかは毎回向こうから提示されるし、自分が育てた作家だから文章の癖も表現も、だいたいのところは模倣できる。田舎に引っ込むといちばん最初に打ち明けたのも、同僚ではなく二人三脚で二十冊という本を手がけた彼だった。

大衆小説の一時代を築いた作家は、「当面はこれをやりながら自分の原稿書きなよ」と言ってくれた。最初の年こそ小説を書こうと思ったものの、ひと冬が過ぎるころにはその気力も萎《な》えていた。自分は、文章は書けても小説は書けない。そんな事実を突きつけられるのも己の資質に五十まで気づかないのも、新鮮でかなしい体験だった。

道のへこみにハンドルを取られぬよう走る。軽くバウンドし、態勢を立て直しては再びバウンドする。防風林の脇を抜けて国道へ出た。五十メートルほど離れた場所に「十九線」のバス停がある。人がいないことを祈りながら、注意深くバス停に目を凝らした。たたずむ黒っぽい人影が見える。荷台に飼料袋を載せた軽トラックがゆるやかに車線をはみ出し、通り過ぎて行った。軽トラックは速度を緩めなかった。

バス停で軽四輪を停《と》めた。人影がゆるゆるとした仕草で運転席にいる保徳のほうを見た。郵便配達の青年は、髪が短いので男女の別がわからなかったのだろう。年若いとはいえない女だった。平野の雪が消えたこの時期に長めのオーバーを着て、両脇に松葉杖を挟んでいる。三寒四温とはいえ、ときどき南風も吹く。この時期にウールのオーバーは珍しい。

バス停の看板の下に、大ぶりの黒いトートバッグが置かれていた。バッグまで視線を下げて初めて、両脇の松葉杖が支えているものに気付いた。女には右脚がなかった。

助手席の窓を開ける。

「このバス停からいちばん近い家の者です。河野といいますが、なにかうちに用事でしょうか」

女は表情を変えずに首を横に振った。化粧っ気のない頬や額には無数の傷があった。右の眉の半分あたりに数針の縫合痕《ほうごうこん》があり、眉毛はそこから先が無くなっていた。痛々しいとはこういうことを言うのだ。なにがあったか知らぬが顔にこんなにひどい傷を持つ女を見たのは初めてだ。気の毒とか憐れみという感情を拒絶している。

保徳は女が自分の客ではなかったことに半ばほっとし、同時にここから先をどうすればいいのかを迷った。誰か迎えは来るのかと訊ねて、彼女がうなずけばまず安心だ。

問題は郵便配達が通りかかってからおそらくもう十分以上時間が経っていることだった。迎えが遅れているのか、迎えに来る者がいないのか、あるいはそれ以外か。考えが瞬時に頭を巡るわりには間抜けな言葉が滑り落ちた。

「送りましょうか」

女は少し首を傾《かし》げたあと、低い声で言った。

「すみません、ここ、どこでしょうか」

「どこと言われても」

あなた誰ですか、と訊ねられたほうがまだましだろう。精いっぱい言葉を探す。郡部の名前と字《あざ》が付く地名と、取って付けたようになってしまったがいちばん近い湖の名を告げた。女の顔に、初めて戸惑いの表情が浮かんだ。

「帯広から乗ったんですけど」バスを間違えたことにここまで来てから気づいたという。引き返そうと思い、咄嗟《とっさ》に降りてしまったのだと言った。

「間違ったと思った瞬間、ついブザーを押してしまったんです」

「このあたりに、知ってる人は」と訊ねると、はぁとうなずく。どこへ向かうつもりだったのかを訊いてから、しまったと思った。保徳の思いに気づかぬ様子で、女は道東の港町の名を告げた。夕刻のバスで最寄りの駅まで戻っても、そこからすぐに道東へ向かうバスに乗れるとは限らない。

「折り返しのバスがここを通るまで、あと四時間以上ありますけど」

四時間と口に出したあと、女は黙り込んだ。片脚のない顔中傷だらけの女を、まだ気温が十度に届かないバス停に置いて去るわけにはいかないだろう。バス時刻まで「いやじゃなければ」という前置きをして家で待ちますかと問うた。女は松葉杖に預けた上体を前に傾け、思ったよりもあっさり「すみません」と言った。


叔父が死んでから何年も放置されていた家は、頼まれて引き継いだころは二束三文でもいいからいつか売るつもりだった。そのうち、買いたいという人間が現れなかったことと事実上のリストラが重なった。

土間のある家など今どき珍しいだろう。煮炊きは土間にあるプロパンガスのコンロでする。雪に埋もれる土地で平屋の古民家もどきを建てた変わり者は、生涯独り身を通した。遠い親戚も近い縁者も、誰も見向きもしない土地で物書きの真似ごとをしていた叔父だった。可愛がってもらったが、渡された原稿を一読したあと編集者の意地と誠意をもって「これは売り物にはできませんよ」と告げた。原稿が送られてくることはなくなったが、叔父の心頼みは変わらず保徳だった。

女は玄関に松葉杖を置き、短めのブーツを脱いだ。アルミの松葉杖には両手を掛ける部分に包帯が巻かれているが、白さなどとうに忘れてすり切れた布のかたまりになっていた。女は危なげな様子でつかまり立ちしたあと、小声で「お邪魔します」と言った。どう介助していいのかわからないまま、ストーブの前に薄くなった座布団を置いた。片脚で飛び跳ねながらストーブの近くへ来ると、女は両手でバランスを取りながら腰を下ろした。くるりと結び玉になった右脚のスラックスがオーバーの裾《すそ》から覗く。慌てて目をそらした。

ティーバッグを入れたマグカップに薪ストーブの上にある鉄瓶から湯を注ぎ入れる。客に出せるような洒落た飲み物はない。バッグを引き上げ、焚《た》きつけに使っている新聞の上にカップを置いた。

どうぞ、と言うと「ありがとうございます」と返ってくる。

冬のあいだ雪の圧で割れることを懸念してか、極端に窓の少ない家だった。それでも日の傾き具合はちゃんとわかる。明かり取りの嵌《は》め殺しには分厚い硝子が使われていた。陽光の下では目立たなかった顔の傷も、家の中ではしっかりと目に入ってくる。怪我《けが》をしてから何年も経った様子ではないのが気になる。こんな状態のままひとりでバスに乗らねばならない女の状況は、保徳の想像ではまかないきれない。

「すみません、見苦しい格好で」と女が言った。首を振るタイミングを逃したので、正直に「そのお怪我、最近ですか」と訊ねた。

「去年、自動車事故に遭ったんです」

「おひとりで移動するのは、大変でしょう。どなたか付き添いの人はいらっしゃらないんですか」

　女は「はぁ」と眉を寄せる。これ以上の質問はやめたほうがいいのかもしれない。仙人暮らしといえば聞こえはいいが、時間を霞《かすみ》にして食っているうちに、ずいぶんと配慮に欠けた人間になっていたようだ。いろいろ訊ねてすみません。言葉に出すと余計に居場所が狭くなった気がした。ストーブを挟んで腰を下ろす。安物の電子レンジはあってもテレビのない家は、ひととき浮世を離れるならば格好の場だが、それも住む者の心ひとつだ。世の中でなにが起こっているのかを知るためパソコン画面を開き、中途半端な情報を手に入れ安心することを繰り返しているうちに、それでいいような気になってしまう。情報が中途半端なのではなく、情報を手にする己がそもそも半端な存在なのだ。

「すみません、申し遅れました。わたし、塚本といいます。ご親切ありがとうございます」

挨拶のついでに、三年前にこの土地に来たと告げる。

「ここの前は、どちらにいらしたんですか」

少し迷いながら「東京に」と答えた。土地の人間に訊ねられるときもそうだが、それを言うときはわずかに身構える。尊大にならぬよう、自慢にならぬよう、卑屈にもならぬよう気をつけねばならない。田舎暮らしは人との関わりひとつでたちまち足もとをすくわれる。東京も地方も質は違うが等しく、暮らしやすく暮らしにくい。それでも自分には朱に交わる器用さがないのだから、多少居心地悪いくらいでちょうどいいはずだと言い聞かせ続けている。

塚本と名乗った女は「東京ですか」とつぶやき、紅茶の入ったマグカップに手を伸ばした。ひとくちすすり、ぐるりと家の中を見回す。保徳もつられて自分の住処《すみか》を眺める。決して整理された家とは言いがたい。本棚から溢れた本が壁を支えにしてあちこちに積まれている。叔父の遺した本が湿気を吸いながら背表紙をこちらに向けていた。いい加減片付けてもよさそうなものを、いつのまにか目に入るものがほとんどあたりまえの景色になってしまった。

「本がたくさん」女のつぶやきに、いっとき会話が途切れた。

自分の本は大事にしていたかどうかの基準を取っ払い、担当した本まで一冊残らず神田の古書店に売ってきた。業界から離れて暮らそうなどというのは思い上がりだった。後悔しているのかどうかさえ、今ははっきりさせずにいる。五十を迎えてそうした心の操作だけは上手くなった。部屋の隅にあるテーブルの上には、ノートパソコンが一台。画面では明日締め切りのゴーストエッセイが最後の確認を終えるばかりになっている。さほど期待していなかったインターネットの接続環境だったが、多少遅くはあっても慣れてしまえば苦にならなかった。

家の中を見回す女の視線が、時計を探していることに気づいた。保徳はカップラーメンを作る際に使っていたデジタルの目覚まし時計を、土間からストーブの近くに移した。念のために、バス会社のホームページを開く。内陸に折り返すバスが「十九線」を通る時刻を確認する。やってきたころは二往復あった路線バスが、いつのまにか一日一往復に減っていた。このままだと、路線廃止になるだろう。車という交通手段がない者にとってこの土地は、簡単に陸の孤島化してしまう。過疎化の進む田舎町では、バスの路線廃止反対運動ひとつとっても、暗闇に響くこだまのようだ。

「バスの時刻ですけど、五時三十分ですね。一日一往復しかなくなってます」

「馬鹿だなぁ、わたし。本当にすみません」と女が笑った。体を支えていた手を額のあたりに持ってゆく。笑顔が難しげな表情へと変わる。土間の方へと這って行こうとするので、慌ててその先にあるバッグに駆け寄り、女の脇へと移した。礼を言った女がバッグから出したのは、ちいさな手鏡だった。傷と凹凸だらけの顔を鏡で見るときの心境を思い浮かべる。想像はやすやすと跳ね返された。

女は左手で鏡を持ち、右手で無心に額の生え際を触っている。こちらを気にする様子がないのをいいことに、保徳は女の様子を眺め続けた。もはや興味のみで、彼女を観察している。

女の額が一瞬光った。のち、光が指先へと移った。二つの視線が女の指先に集中する。

「硝子の破片なんです」と彼女が言った。

「事故のときに顔に刺さった硝子や、車の細かい破片がときどきこんな風に皮膚から飛びだしてくるんです。事故後すぐの手術ではぜんぶ取り切れなかったんですよ。いくらかでも元に戻ろうとしているのか、人間の体っておもしろいですね」

笑った顔の邪気のなさが恐ろしかった。女の指先に光るものがただの硝子とは思えなくなってくる。胸奥から覚えのある感覚が持ち上がってくる。なんだったろうこれは。焦った。

思いだしたのは、新人賞の下読みから上がってくる最終段階の応募原稿だった。話の内容はちんまりとした枠の中にあるのに、書き手の思いだけはむんむんと臭気を放っていた。矛盾を多用して、人のはらわたを抉《えぐ》るつもりか。喧嘩をふっかけるような文章を読まされるのはいいが、芸になっていなければただの遠吠《とおぼ》えと怨念《おんねん》だ。光っているのがダイヤの原石なのかただの硝子なのか、見極めるのも保徳の仕事だった。

額から外れ落ちた硝子と、それを指の上にのせて眺めている女。薄気味の悪さにうっすらと半透明のベールがかかっている。保徳が目の前にしているものこそ、ダイヤではないか。

醜いダイヤだ。たどり着く場所を持たないダイヤ。磨けば間違いなく光る石を持った女。ぼんやりしていると、女の指先にある硝子の中に吸い込まれそうになる。

「尖っているから皮膚に刺さったんでしょうけど、こうして体から出てくるときは角が取れてるんですよね。額の中で丸くなるっておかしいですよね」

なんでかな、と笑っている。なんででしょうね。こちらが訊きたい。ストーブの中で薪がはじけた。乾いた部分から先に火を吸い、音をたてて割れる。保徳の内側でも同じ音が響いた。

女が手鏡をオーバーのポケットに入れて、バッグに手を伸ばした。次に取り出したのは、風邪薬のラベルが貼ってある小瓶だった。キャップを開けて、指先の硝子を瓶に落とす。保徳は異物が抜け落ちた彼女の額を見た。薄い桃色のくぼみは、やがて皮膚が盛り上がり、平らに近くなるのだろう。

小瓶をバッグに戻した女は、ひとつ息を吐いた。

「すみません、これが取れたあとはいつもなんですけど、ものすごく眠くなるんです。ちょっと横になってもいいでしょうか」

言ったそばから上体がずるずると座布団からはみ出し、低くなってゆく。保徳は慌てて残りの座布団を女のそばに持って行き、二つ折りにしたものを頭と畳の間に挟み込んだ。ストーブを背にして横になった女は、すぐに寝息を立て始めた。オーバーの途中で崖《がけ》のように切り立っている太ももの、切断面を想像した。思い浮かべるのは女の体から切り離された、あるいは断裂した脚だ。失った脚にも物語がある。残った脚にも物語があることを、初めて現実的なものとして感じとる。

不定期に、時がくれば皮膚から飛びだしてくる硝子の破片ひとつひとつが、この女が持つダイヤの原石に思えた。何の確信もなく、女が溜め込む硝子を書き留めたい欲求に駆られた。体が、脳が、自ら編集者の尻尾を切り離した。

保徳は横たわる女にそっと毛布を掛けたあと、できるだけ物音を立てぬよう気をつけながら部屋の隅に腰を下ろした。パソコン画面にある千二百字の「今週の自炊めし」がテーマのエッセイを読み返す。もうずいぶんと長いあいだ続いている。最初は素案代わりに、と手伝っていたものが、今は完全原稿として書き手に送られ、そのまま雑誌に掲載となっている。

編集者という立場を捨て、また他人との接点も特段持ちたがらない保徳は、使い勝手のいい機械みたいなものだ。器用に他人の文章を模倣できるし、書かれたものに誰も疑いを持たない。持ったとしても、表だってそれを口にしないくらいに、みな狡猾《こうかつ》だ。

狡猾さの上前をはねるほどの純粋さも見た。ある書き手は、最後の最後に「食うこと」を無視してもやりたいことがあると言った。そんな彼らに、自分たちは辛抱強くつきあってきたのだった。けれど、と保徳は女の脚の断崖《だんがい》絶壁を振り向き見て思う。

こればかりは、自分がかたちにしたい。

内側に芽生えたもやもやしたものを、すぐさま体から取り出したくて仕方なかった。そんなことを考えていると、床に転がる女の体がだんだん人間のそれとは思えなくなってきた。川から流れ着いた桃を割った老婆も、切った竹から女の子が出てきたときの翁《おきな》も、こんな気分ではなかったか。とにかく割ってみたくて仕方ないのだ。

短いメール文に、出来上がったエッセイを貼り付けて送った。三日も経ったころに折り返し短い礼がくるだろう。もう、本物の書き手もゴースト原稿を任せた者とは多くを語りたくないのだ。お互いに潮時を逃し続けている。

保徳はストーブのそばへ這ってゆき、目覚まし時計を手に取って再びテーブルの前に戻った。折り返しのバスがやってくるまでの時間、ちいさいのか大きいのか、わからぬ賭けをすることに決めた。

「十九線」の停留所にバスが折り返してくる時刻まで、もしも女が目覚めたら送る。もしも目覚めなければ、あえて起こさない。時間に気づかなかったことを詫《わ》び、女が持っている物語を、硝子を取り出すようにひとつひとつ訊ねてみよう。引き出す能力には自信があった。ずいぶんと長く、それを生業としてきたのだ。

つとテーブルの端にあった封書に目をとめた。つい先ほど配達されたものだ。上の一通は異動の挨拶状、もう一通は別れた妻からだった。先ほどまでの保徳ならば、一週間放っておいたろう。年に一、二通届く短い手紙は、眼裏の残像あるいは過去からのものだと思っていた。こちらの気が向かなければ、いつまでも開かずに済むし視界から遠ざけることもできる。それでも、時間が経つと返信の義務から解かれた気分で封を開けてしまう。

ペン立てからハサミを抜いた。彼女が若いころから愛用している「CRANE&CO.」

のカードに、柔らかく丸い文字が並んでいた。

『山の暮らしはどうですか。こちら女性誌畑で育ってきましたが、この春から文芸に移ります。最良の師から遠い場所にいるのですね。今年は花粉がひどくて、外出時にはメガネとマスクが手放せません。こちらに来るときは、連絡ください　真由子』

元妻からの手紙を読んでも、常々怖《おそ》れていた心の揺れは起きなかった。薪ストーブを振り向き見る。まだ新しい薪はいいだろう。文芸か、と音にせずつぶやいた。今この封筒を開けてしまったことに、意味を探している。

時計は数字を変えながら前へと進んでいる。女の顔から出てきては光る硝子の破片を思うと、一分一秒がひどく長く思えた。目を瞑ると、保徳の背後で横たわっているものの正体が見えてくる。女は、長い長い物語だった。

担当した書き手がよく「降りてくる」という言葉を使っていたが、こういうことだろうか。「降りてくる」は「やってくる」と同義語だ。目覚まし時計の数字はグレーに黒を浮かせて刻々と変化する。早く起きてその顔から破片を取り出すように物語を教えてくれと思ったり、バスが「十九線」を通り過ぎるまで目覚めないでくれと祈ったりしている。時間どおりやってくることなど年に一度もないような田舎のバス停だったが、今日だけは一秒でも早く通り過ぎることを願った。

日が陰ってバスの通過時刻を十分ほど過ぎたころ、保徳は安心してストーブに薪を入れた。火は消えかかり、あたりには土間からの冷気が這い上がってきている。寝返りも打たずに眠り続けていた女がゆっくりと体を起こした。家の中に澱《よど》んでいた空気が混ぜっ返され渦を巻いた。眠りから覚めた女は、頭を軽く振った。家の中をぐるりと見回し、長い息を吐いた。

「すみません、わたしどのくらい眠ってましたか」

バスは、と言いかけたところで「ごめんなさい」とそれを遮った。

「気づいたときはもうバスの通過時刻を過ぎてたんです。もっと早くに起こしてさしあげればよかった。迂闊《うかつ》なことでした。本当にすみません」

両肩をだらりと垂らしてみせた。女は体が痛むのかあちこちをさすりながら、毛布の礼を言っている。保徳は「寒くありませんか」と訊ねながら、鉄瓶から湯飲み茶碗《ちゃわん》へ白湯《さゆ》を注ぎ入れた。火力が弱まっていたおかげで、ほどよい熱さだ。女は礼を言って湯飲みを受け取ると、喉を鳴らしながら数回に分けて飲み干した。

「もう少しいただいてもいいですか」

「お好きなだけどうぞどうぞ」

だんだん、調子のいい言葉が口から出てくるようになった。時間を飛び越えたのは眠っていた女ではなく、自分のほうかもしれぬと思う。精いっぱい済まなそうな表情を作り、差し支えなければ、と切り出した。

「明日のバス時刻まで、こちらでお過ごしいただけたら。こんなあばら家ですけど、せめて寒くないようにしますから。本当にすみませんでした」

「こんなに長く眠ってしまって。申し訳ないのはわたしのほうです」

少し迷うそぶりのあと、女は「お言葉に甘えさせていただきます」と言った。保徳は小躍りしたい気分で、炊飯器に無洗米と水を入れた。

普段は三日か四日に一度、多めに炊いた飯を小分けにしておく。冷凍庫にストックした飯は、電子レンジがあればいつでも食べられる。買い出しが面倒で、車で十キロほど離れた町にある農協ストアにも月に二、三度行くかどうかだ。冷蔵庫と電子レンジがあれば問題なく暮らせる。

当然冬場は小一か月、家から出ない。スクールバスが通るおかげで目の前の農道まで除雪車が入るので、保徳は玄関から車までの小道を十メートル確保するだけで充分だった。見学にやってきた仙人志願者たちに、このことは伝えていない。東京では相当な変わり者扱いされているだろうと笑えるときは、心が安定したいい日だった。

「テレビもない家で、すみません」

出汁《だし》入りの味噌を使って、もどしわかめの味噌汁を作った。ザルや鍋を積んだ棚に、越冬用のキャベツを刻んで一緒に炒めれば一品、というレトルト食品があった。フライパンを用意し、さて、と思ったところで背後から女が声をかけてきた。振り向くと、座ったまま土間の縁まできていた。

「お手伝いできませんで、ごめんなさい」

「いや、気にせずどうぞ。ひとり分がふたりになったところで、もてなすほどのものは用意できませんし。とりあえず腹がふくれるものをと思ってますが、味は期待しないでください」

自分の態度に半ば嫌悪しながら、傷だらけの女に向かって微笑んだ。女はためらうそぶりを見せたあと、すまなそうに「食事は、お味噌汁だけで充分です」と言った。いっそ要らないと言われたほうが納得できそうな、不思議な心もちになる。

「どうかしましたか。具合でも悪いんですか」

「奥歯がないので、あまりものを嚙めないんです」

今度は恥ずかしそうに下を向く。多少の滑舌の悪さは、顔に散らばる傷のせいだと思っていた。奥歯がないということまでは想像できなかった。保徳は炊きあがったご飯をさらに鍋で煮込み、女のために味噌と卵でお粥《かゆ》を作った。

その夜慎ましい食事をしながら、保徳はひとつふたつと、昔培《つちか》った問いの作法を使って彼女が歩んできた道を訊ね続けた。女も、自分がなぜこんなに興味を持たれるのか疑問にも思わぬ風でぽつぽつと答えた。

そのときどき、女に関わってきた人間ひとりひとりがまるで保徳が知っている者のように像となって立ち現れ、言葉とともに流れていった。気づいたのは、女がひどく客観的なものの見方をしていることだった。自分の考えや感情というのをほとんど述べない。そんなものは存在しないのではと疑うほど、彼女は淡々と過去を語る。

「事故に遭うまでは、踊り子時代に出会った先輩のところにお世話になっていたんです」

「結婚は、二度しました」

「二度目の結婚で娘を産みましたが、どこにいるのかわかりません」

過去というより、それらはただの「情報」だった。切々と出会った人との関わりを聞かされるより、ずっと聞き手の想像をかき立てる。すぐにでもメモを取りたい欲求をこらえ平静を装い、女の箇条書きのような来し方を耳に刻み胸に落とし続けた。

ひと言残らず覚えていよう。そんな思いが通じているのかいないのか、薪ストーブの熱を挟んで向かい合い、夜が更けるまで女のつぶやきめいた告白を胸に溜めた。女がいちいち自分の心の中を語らぬせいで、こちらも無駄な相づちを打たずに済んだ。目の前の女が物語の語り部になっていた。保徳は話の腰を折らぬよう、精いっぱいの無表情でうなずき続けた。

ストーブの火力が弱まってきたのか、外から入り込む泥のにおいが気になった。保徳は仕方なく立ち上がり薪をくべた。あまり頭を揺らさぬよう気をつける。ちょっとでも刺激を与えたら、蓄えた女の言葉が雪崩《なだれ》を起こしてあたりに散らばってしまいそうだ。

土間から薪を抱えて一本一本、炎の中へと放り込む。炎のにおいが家中に満ちている。天井近くを横切る煙突も、熱を放っている。保徳はなにも考えずにできることしか、しなかった。女への気遣いも、疲れをねぎらうこともしなかった。

薪をくべ終わり、再びストーブを挟んで向かい側に座ろうとした際、手鏡を覗き込んでいる女の姿が目に入った。さぁ先ほどの続きを、と言いたい唇を手で覆う。手のひらには薪の香りが残っている。枯れた木々が思い浮かぶ。死んだ森のにおいがする。

女は指先で、こめかみの少し下、目尻のあたりをさすっていた。保徳は待った。数秒後、女の指先が顔の皮膚をつまんだ。蛍光灯の明かりの下で、女のこめかみが光る。硝子の破片が見える。女の意識は鏡に映る硝子に集まり、目の前に保徳がいることとさえ忘れているようだ。

指先に光る硝子は、昼間のものよりちいさかった。女は満足そうにうなずき、破片をまた風邪薬の瓶に落とした。目の高さに持ち上げて、軽く振る。子供のころに見た、従姉妹《いとこ》たちの色とりどりのビーズそっくりだ。瓶をバッグに戻し、女は大きな欠伸《あくび》をした。

「すみません、また眠くなってきました。横になってもいいでしょうか」

全身から、急激に力が抜けた。今の今まで、聞いた話をひとこともこぼすまいと頭を揺らさないよう努めていた。女の来し方に、聞きながら想像しながら寄り添っていたひとときが、身の沈むような疲れをつれてきた。

保徳は「気づきませんで」と立ち上がり、押し入れから組布団を出した。シーツが見当たらないので大判のバスタオルで代用する。

台所も片付け、着替えもあるだろうと気遣って長いことトイレにこもっていたが、出てみると女は掛け布団の上に脱いだオーバーを重ね、横たわろうとしていた。

もはや女が語った箇条書きのような半生が、本当でも嘘でも構わなくなっていた。それは保徳にとってただひたすら「おもしろい」のだった。保徳は欠けたピースを探すような思いで言った。

「すみません、ひとつ訊いてもいいですか」

「なんでしょう」

「そのお体で、たったひとりで道東の街へ向かう理由を教えてくれませんか」

女はあっさりとした口調で「母を頼ろうと思って」と答えた。語られた来し方とのずれに、視界が揺らぐ。保徳が黙り込むと、女は遠慮のない欠伸をした。はっとして明かりを落とす。

部屋の隅にあるノートパソコンの前にあぐらをかいた。


翌日、女をバス停まで送ったあと、保徳は薪割りも食事も忘れ、パソコンに文字を打ち込み続けた。彼女の情報をこれだけ手にしながら名前は「塚本」という姓しか知らなかった。名前を与えなくては、誰も彼女を動かせない。

書こう、という決意が揺らがぬうちに――。

保徳は女の名前を、彼女が越えてきた時間と季節をその名に込め「千春」とした。与えられた材料にどんな味を付ければ旨《うま》い料理になるか。それしか考えられなかった。女を描くことは、女を取り囲んでいた景色を描くことだった。物語は彼女の母親から始まっていたのだ。いびつでもかなしくても、人は生きてゆく。保徳は箇条書きの骨格に、想像できる限りの肉を付ける。付けた肉を削《そ》いだり捨てたり。女の物語は今、保徳の手の中にある。あらん限りの暴力と支配力を武器にして、女の来し方を文章にした。

食事と睡眠と排泄《はいせつ》。書くこと以外は必要最小限のことしかしない。そんな日々は南風の吹くころまで続いた。編集者時代に見てきた「書き手の内なる熱」に、素手で触れ続けた。

微かな痛み、深傷の甘みを存分に味わい尽くし、最後の一行を書き上げたのは、六月の終わりだった。

寒さはもう、着るもので調節できる時期になってきた。暑ければ脱ぎ、寒ければ着る。そんなあたりまえのことを繰り返し、なにも望まずなにも思わず、生きていることだけを受け容れる日々を過ごしていたはずなのに、そんな話を書けたと思ったはずなのに、保徳の胸の奥からこみ上げてきたのは、目をそむけたくなるような欲望だった。

誰かに読んでほしい。読ませたい。いったい誰に——。

プリンターから打ち出した原稿の束に、千枚通しで穴をあけた。原稿を古い綴《と》じ紐《ひも》でまとめる。白紙の一枚目は手書きにした。

『星々たち』 河野保徳

テーブルの下に積み重なっている郵便物の束から、一通の封筒を引き抜く。女がやってきた日に届いた手紙だ。保徳はひとつ息を吐いて、真由子へ短い手紙を書いた。

元気でやってますか。文芸畑の空気はどうですか。
この封筒を開いたとき、貴方も僕も元気であることを祈っています。
送り先は君しかいなかった。そのことに気づけた今が、とても尊く思えます。
北海道は、空ばかり大きなところでした。毎日空を見て過ごしています。
体に気をつけて。ありがとう。
保徳

パソコンに残る原稿のデータを「ごみ箱」へと移動させた。嘘が救ってくれる真実を信じられた。塚本千春と名付けた女がどこへ行こうとしているのか、想像するのはやめた。今どうしているのかを思うことも、保徳はしなかった。

やや子

初めましてて田上やや子です、と頭を下げた。

「だいたいのところは、昭彦《あきひこ》から聞いています」落ち着き払った声で彼の母親が言った。

天気は今日の日に似合いの、花曇りだった。しばらく太陽を見ていない。日本でもっとも遅いと言われている桜の開花も、このぶんだと祭りのある五月三週に見ごろとなりそうだ。

金平《かねひら》家の応接室からは港の景色が見えた。

玄関横に専用の応接間がある家になど上がったこともなかった。金平家に一歩足を踏み入れた途端に壁や書棚や置物や、目に入るすべてのものがやや子を観察し始めた。どれもこれもひとつひとつが己の価値を主張している。訪れた人間それぞれに、お前はこの家に入るにふさわしい人間なのか、と問うている。

壺《つぼ》ひとつとってもそうなのだから、持ち主はどれほど厳しい目でやや子を見ているだろう。金平昭彦の家族が、やや子の生い立ちに興味を持つのは充分予測できたことだ。水産業が軒並み売り上げを落としている時代、金平水産はこの街の優良企業だ。夫人の質問ひとつも単なる興味と片付けることはできない。やや子には置物以上の価値が求められている。

やや子は室内の様子よりも、窓の外に広がる港の景色が気になっている。この部屋は、勤務先の図書館執務室と同じ方角にあるらしい。

「親に会ってくれないか」と昭彦に切り出されてから、一週間が経った。今日は図書館が休館日の月曜だ。昭彦の母親が言った「だいたいのところ」がなにを意味するのか、あれこれと考えた。心当たりはいくつかある。親がいない、料理を作らない、も含めて。

このひととともいずれ別れることになる。そう考えているうちに一週間経った。考えることが次第に億劫になり、今日の朝は「親に会えば、無理なく別れられるかもしれない」という思いに変わった。

「うちの親、是非やや子さんに会いたいって言うんだけど、いいかな」

ひどく遠慮がちに言ったところをみれば、母親の態度もこの展開も彼の予想の範囲だったのだろう。それでも前に進みたい関係とは何だろう。男の健やかさが疎ましい。

図書館の司書仲間は「金平」という名字だけで、その後の面倒が想像できるだろうと言った。やや子が育ったのは、ここよりもっと東の根室《ねむろ》だ。もともと自分は、名字で家柄や縦横の繋がりを測る生活をしてこなかった。

やや子にとって、直接つきあっている人間以外の情報は不要だった。札幌の短大で司書の資格を取ったあと、根室にいる祖父母の元に帰った。札幌での就職も考えたが、当時の男と別れるいい口実として帰郷を選んだ。今の気分は、そのときに似ている。

用のあるなしにかかわらず、足繁く図書館の執務室に通ってくる地域FMの社長が金平昭彦だった。『みなとFM』は、出資者は親でも「地域発信」を売りにする別企業として、地元のアンテナになっている。

番組内で本の紹介をしてほしい、できれば田上さんに――。

指名されたとき、悪い気はしなかった。食事をするようになり、酒にも誘われ、交際を始めたのが半年前。今まで、三か月続いた男がいなかったことを不思議に思ったことはない。

「お年は二十四歳になると伺ってますけど」昭彦の母が言った。

「はい、間違いございません」微笑んだ。

「根室のおばあさまの元で暮らしてこられたのね」

「両親は早くに別れましたので、父方の祖父母に育ててもらいました」

「理髪店をされていたのよね」

「祖母は、わたしが根室に戻って一年ほどで亡くなりました」

彼女は息を引き取る一週間前までハサミを握っていた。祖母が持つあの気丈さの源はいったいなんだったのだろうと、今でも思う。病気の傾向として相当な痛みがあったはずだと言われたが、祖母の口から「痛い」という言葉を聞いたことはなかった。

「図書館司書になろうと思われたのはいつからですか」

「進学先の短大で取得できる資格だったんです。大きな意味はありません。祖父母もわたしを地元で理髪師にしようとは思っていなかったようですし」

「本がお好きだと伺いましたけれど。差し支えなければ、根室の図書館から釧路に移られた理由を伺ってもいいかしら」

「本を読むことも触れることも、嫌いではないです。仕事はとても楽しいです。根室からこちらに来たのは、祖父母が亡くなって、しがらみが消えたからです」

就職試験ならば、確実に落ちている。けれど、話しているうちにやや子自身も楽しくなってきた。自分の来し方をこんなに真正面から訊ねられたのも初めてならば、その問いから逃げずに答えるのも初めてだ。面倒がらずに答えていることがなによりおもしろく、おかしい。

　やや子は隣に座る昭彦を見た。ぽかんと口を開けたままふたりを見つめている。五歳も年上とは思えない、少年のような無防備さだ。なにか、この家の楽しい行事に参加しているような錯覚が起こる。

「とってもはきはきしたお嬢さんね」

　やや子もにっこりと微笑んだ。かかとの後ろには、常に道がないのがいい。生まれてから死ぬまで根室で暮らし続けた祖母も、住む場所を変えないなりに、退路を断つことの連続だったのではないかと思った。やや子の脳裏には、祖母の柔和な死に顔が残っている。いまわの際、自分の死は実の息子にも報せなくてよい、と言ったひとだった。

　尋問に似た挨拶を済ませて、お茶を二杯ご馳走になって金平家を出た。

　アパートまで送ってもらう信号待ちで、ハンドルを握りフロントガラスを睨んだまま昭彦が「ごめんね」とつぶやいた。なにが、と返す。

「普段から、ああいうものの言い方をする人なんだ。失礼ばかりで、正直恥ずかしいよ」

「答えやすい質問ばかりだったでしょう。気にする必要ないと思う」

謝られると、こちらが困る。謝ることで、昭彦だけが今日の輪からいち抜けを図っている。気にする必要はないのよ。声に出さずに繰り返した。

幼いころも、短大で資格を取ってからも、やや子はあまり自分を大切とも価値ある人間とも思っていない。親のいなかったことは、他人が言うほど大きく関わっていない。気づいたとき自分はすでに今の「田上やや子」だったのだと思う。

最近はよりつよく本来の性分が出てきている気がする。隔世遺伝という言葉はあまり信じていないものの、祖父が祖母とやや子をひとくくりにして話す響きのなかにときどきそんな言葉が混じった。

アパートに戻り、昭彦が淹《い》れたコーヒーを飲んだ。コーヒーはやっぱりドリップじゃないと、という彼がやや子の部屋に持ち込んだこだわりの器具だ。ワンルームのアパートには不釣り合いなもののひとつだった。

コーポ富士見は、職場まで歩いて三分というのが気に入っている。ベッドも収納も水回りも効率よく配置されているし、壁の薄さが気になるほどの趣味もない。本は職場に読み切れないほどあるし、テレビも冷蔵庫も電子レンジも暖房も家賃の内だ。なにより家具をほとんど持たなくても暮らせるのがありがたい。

昭彦はやや子の部屋に来ると必ずコーヒーを淹れてくれる。そして控えめに「引っ越す気はないんですか」と問う。「女のひとの部屋にしては素っ気ないから」と素直に口にする。この素直さは嫌いじゃない。彼の母親も、笑顔を振りまき毎日をいい人ぶらずに済む程度に、正直なのだろうと思った。

カップの底が見えたころ二杯目はどうかと訊ねられ、要らぬと答えた。

部屋に備え付けのパイプ椅子に腰掛け、昭彦がひとつため息をついた。

「俺が家を出ればいいんだよね」声が沈んでいる。どうして、と訊ねた。一緒に暮らせる、と返ってきた。

別れのきっかけにでもなればと、彼の母親に会った。いざ会ってみると、昭彦も自分も、思いの輪郭がぼやけ気味だ。居心地が良い関係のほかに、このひとは何が欲しいのだろうと思う。やや子には、ひとつ処《ところ》に留まりたいと思った記憶がなかった。

母親に会った後も昭彦と会う回数はいつもどおりだった。五月末、葉陰の桜が咲いてすべて散ったあとも変わらない。彼の口から母親の話が出ることはなかった。

別れの予感を残したままでいることに、ストレスを覚えるほうでもなかった。この心根は「薄情」という言葉がいちばんしっくりくる。

彼が特別に打たれ強いというのではなさそうだった。習い性として、あまり人の性分について深く考えるということをしないのだ。やや子は昭彦の素直さ――あるいは鈍感さについて、自分とは違う健やかさのなかで育ったせいだと思うことにした。

　関係がぎこちなくなってゆきそうな機会をひとつ手放した。結末がどうであっても、昭彦とはもう少し続くのだろうと思い始める。

　始まりにも終わりにも、過剰な期待をしない。する習慣がない。肉親との縁が薄いとは、そういうことだ。誰のせいでもないと、やや子は思う。

　図書館からの帰り道、貯金通帳の記帳と現金の引き出しをしに近くの郵便局に立ち寄った。小雨というには力が足りず、霧というには漂いに欠ける湿った夕暮れだった。空と海との境界に、あかね色の帯が走っている。煙った街が、一瞬輝く時間だった。やや子は足を止め、一秒ごとに細くなってゆく帯を見た。

　生まれ育った根室を簡単に離れられたのは、誰の血によるものか考える。祖父母は生まれた土地で死んだ。最初に放浪したのは、やや子を産んだ女だったと聞いている。そして、父が旅に出た。祖母とは連絡を取り合っていたようだが、故郷には五年に一度戻ればいいほうだったし、やや子を可愛がることもなかった。

「何年かに一度やってくる、汚いおじさん」というのが、やや子が父に持っていた印象だ。作業服姿ならば働いていることがわかるからいいほうで、あるときはサイズの合わないジーンズとトレーナーだった。祖母と交わしている言葉のなかで「もらった服」というのが記憶に残っている。「炊き出し」という言葉を覚えたのは中学のころだった。

父親らしい父というのを、見たことがない。祖母も息子にそんなことを求めているふうではなかった。片道ぶんの旅費しかない状態で訪れ、数日滞在したあといくばくかの金を祖母から受け取って出ていく。父の生活を想像はしてみるものの、どんな感情も湧いてこない。

あかね色の帯が消えた。やや子はアパートに戻った。蛍光灯の下で、バッグから通帳と一通の封書を取り出す。根室の住所が記されており、宛名は祖母だ。図書館ルートで届けられた。やや子の手元にやってきたのは、「責任をもって」の言葉によって、地域の親切が親切を呼んだ結果だろう。こんなことがあると、やや子のことをなにからなにまで知っているのは、人ではなくあの町かもしれぬと思う。生まれ育った町からは逃げられぬのかもしれぬと思う。

安価な白封筒だった。差出人は三浦知子《みうらともこ》とある。住所は旭川市としか書かれていない。右肩上がりの線の細さ。ハサミを持つまでもなく、糊《のり》が薄いのか封をした部分はすぐに剝《は》がれた。やや子は立ったまま便せんを広げた。

田上桐子様

突然お便りします、三浦知子と申します。田上高雄さんとはご縁があって旭川で三年ほどおつきあいさせていただいております。旭川にいらっしゃる前は函館、苫小牧、東京にもいらしたようです。今年のはじめ、田上さんは急激に体調を崩されました。今、市内の病院に入院されています。残念ながら、退院は叶わぬようです。

田上さんは、誰にも報せてくれるなとおっしゃいます。私なりにいろいろと考えましたが、答えはでません。ご判断をお任せするようで心苦しいのですが、現在の状況だけでもお知らせしたく筆をとらせていただきました。

田上さんから伺ったお話の端々から、お返事をいただけなくてもいたしかたないと思っております。重々承知の上で連絡先を記します。お許しください。

三浦知子

片隅に住所と電話番号が記してある。旭川市、以降の長い町名はいったいどこなのかわからなかった。今のやや子に、ここから札幌を経由して鉄路で六時間もかかる街に用事はない。道北の地に興味を持ったこともなかった。図書館はあるだろうが、民間委託にでもならなければ転勤もない。やや子が根室市立図書館から移ってきたのは、民間委託された会社の試験を受けて採用されたからだ。

旭川か——。つぶやいた声で便せんが震えた。

「退院は叶わぬようです」の一行が浮き上がる。誰にも報せてくれるな、とは。祖母もやや子に同じことを言った。死期を報せた後、人を含め状況を動かすことが、心の底から億劫だったのだろう。祖母に限って言えば、身内の葬祭に関して特に心を煩わせたり悩んだりする人じゃなかったな、と思う。

それは夫である祖父の葬儀でも同じだった。淡々と喪主の役目をこなし、淡々と悲しむ。泣いたり思い出話を繰り返したりといった、心の方向を示したりもしなかった。冷たいと言われることに慣れた人だったが、やや子には優しかった。

台所に立った。父の気持ちは、死期を悟った祖母の心とさほど違わないのではと思う。合わせる顔がないとか今さら恥ずかしいとか、そんな情をからめた理由は、自分たちに似合わない。周囲が期待するのは自由だけれど、そこで流れるのは常に「お涙」で、肝心の中心からわずかにずれる。それぞれが持つかたちの違う「情」で祖母と父を語るのは危険だ。ふたりの心の在処《ありか》を説明できる人間は、今はもうやや子ひとりだろう。

冷凍庫からペペロンチーノを取り出した。冷蔵庫には飲み物、冷凍庫には冷凍食品しか入っていない。野菜もジュースで摂る。栄養と手間を考えると、そのほうが合理的だった。

冷凍パスタのパックを電子レンジで温めた。温度と時間を設定すれば、すぐに食べられる。祖父母を亡くしてからは、自分のためになにかを作ることもなくなった。当然、誰かに手作りの料理を食べさせたいとも思わない。ときおり、すべてにおいてのこの億劫さは病ではないかと思う。

つきあい始めたころに昭彦に訊かれた。

――得意料理って、なんですか。

ありませんと答えた。思えばあの時点で、自分がつきあっている女の性分をわかってもよさそうなものなのに――。

ペペロンチーノを食べ終えて器をゴミ袋に捨てたあと、やや子はもう一度便せんを広げた。「お返事をいただけなくてもいたしかたない」とあるのだから、読まなかったことにするのは簡単だった。「退院は叶わぬようです」とは、遠慮がちなようでまっすぐな表現だ。期待を込めぬよう書かれた文末から、本音の尾が伸びている。

死期の近づいた父――どういった感情を持てばいいのかわからぬ相手――にひと目会って、なにを言おう。言葉はなかった。

魔が差す、とはきっとこういうことだ。携帯電話に三浦知子の番号を打ち込んでからそう思った。呼び出し音が二度鳴って、予想よりわずかに低い女の声がする。

「はい、三浦です」

「お忙しい時間帯にすみません。わたし、田上高雄の娘です」

三浦知子は一瞬黙り、「あぁ、お嬢さん」と吐息のほうが多めの声を漏らした。名前を知らぬようだったので「田上やや子です」と告げた。電話の向こうも、こちらも静かだった。今いいでしょうか、と訊ねた。はい、と彼女が答えた。

「根室の祖母宛にいただいたお手紙なんですが、今日、わたしの手元に届きました。祖母は二年前に他界しております。報せずにいて、申しわけありませんでした」

反応があるまでに、数秒かかった。

「亡くなってたんですか」

「ええ。父の連絡先は、苫小牧のあたりで途切れていたようです。そのあとはわたしも知りませんでした」

隠しても始まらない。桐子、高雄、やや子、それぞれが道理を逸脱して情の薄い人間だと、このひとは理解してくれるだろうか。優しく捨て合う関係や、愛情という呪《のろ》いのような押しつけを欲しないことを、わかってくれるだろうか。声に出さず問うてみる。いつものように「わからなくてもいいのだ」という思いが気持ちの曇りをさらっていった。

三浦知子が静かに言った。

「田上さんも、先日お亡くなりになりました」


駅まで迎えに出てくれた知子は、化粧っ気のない、ずんぐりとした四角い体つきの女だった。やや子の目には四十代後半に見えたが、実は今年四十になったという。実年齢より老けて見える女が珍しい時代だ。自宅へ向かう小一時間ほどの道のりで知子は、自分の代で田畑を一反も減らしていないのが唯一の自慢だと言った。あの繊細な細い文字を書く女とかけ離れた風貌《ふうぼう》と明るさに、やや子もわずかに気が緩む。

父はこういう女と三年暮らしたのか、と思った。やや子の母親と出会ったことで人生が大きく狂った男だった。心根の優しい女に看取られて世を去ったことは「まずまずの、いい上がり」だったのではないか。

「旭川には来られたことがありますか」

「いいえ、初めてなんです」

「じゃあ、富良野《ふらの》は？　ラベンダー畑もご覧になってない？」

「札幌の短大に通っていたので、友人の車で一度だけ行ったことがあります」

「まぁ、一度見たら充分よね」悪戯《いたずら》っぽく笑う知子の目尻に、深い皺ができた。

道路の両側は田植えが終わったばかりの田んぼだ。道東は、根室も釧路も米はおろかネギさえ育たない冷涼な土地だ。短大時代の同級生に「ネギの育たない土地で暮らしたくない」と言われたことを思いだした。

「道東とは、ずいぶん景色が違います」

「でしょうね。品種改良を重ねないと、ここだってお米ができるような土地ではなかったはずだもの」

三浦家は、広大な田んぼの一角に家を構えていた。遠くに冠雪している大雪山が見える。空と山と田んぼだけで、充分旅先を実感できた。家の周りには、しっかり刈り込まれた松や太い木々がそびえるように生えており、建物も家というよりは屋敷と呼ぶほうがふさわしい大きさだった。知子は、ここにひとりで住んでいるのだと言った。

「三浦家には跡取りがいなかったから、十年前からわたしが土地と建物を管理しているんです。養子縁組をしましたが、親族とはつきあいがありません」

知子は旭川の大学で教鞭《きょうべん》を執っている農学科の教授だった。肩書きと来し方がおもしろいほどずれている。

「あ、良かった。駅に着いてから初めて笑ってもらえました。ずっと笑ってくれないんじゃないかと思ってましたよ」

笑いながら家に上がり、そのまま仏壇の前に座り手を合わせた。子供のころに見た父は大柄な印象だったが、骨壺は驚くほどちいさかった。両手にすっぽりおさまりそうだ。三浦家の仏壇には先代夫妻の位牌《いはい》と「田上高雄」の位牌があった。見知らぬ男と並べられた夫妻も戸惑っているのではないか。

ぼんやりと骨壺を見ていると、知子が言った。

「ここの田んぼは、田植えから稲刈りまですべて学生たちの動員をかけてやってます。収穫したあと、みんなで自分たちの育てた米を炊いて、お腹いっぱい食べます。田上さんとは、彼が大学の清掃のアルバイトをしているときに知り合いました」

自分は勝手に他人の養子になるような身軽な人間なのだと知子は言う。そして父の高雄もまた、彼女に劣らず身軽な一生を生きた。

「お互いの死を知らずにあの世へ逝く母と息子ってどうなんだろうと、やや子さんにお目にかかるまでいろいろと考えました」

客観的に自分たちはどんな捉《とら》えられかたをするのだろう。やや子は知子の言葉を待った。彼女は数秒骨壺を見たあと、晴れ晴れとした表情になった。

「いいんじゃないかなそれも、と思えたんですよ。なんだか巡り合わせとして不思議だけれど、お互いの選択が許されたわけだから。誰が許したかなんていうのは、ふたりにとって問題にならないし」

知子の言葉は人と人のあいだにある不確かさをすべて肯定していた。

「父は、どんなひとでしたか」言葉にすれば、おかしな具合だ。

「おもしろい方でしたよ」と知子は言った。

明けても暮れても稲の研究ばかりしている知子の研究室にゴミ箱を取りにきた父は、品種改良を試みる苗をじっと見ながら「この米は旨いんですか」と訊ねたという。

「どの米よりもおいしくするために研究してるんですって答えると、慌てて頭を下げたの」

失礼なことを言ったという自覚はあったようだが、一週間後に再び同じ質問をしたのでそのときばかりは少し怒ったふりをしたのだという。

「田上さん、お詫びになにを持ってきたと思いますか」

さぁ、と首を傾げると「海苔《のり》です」と答えた。

「のり、ですか」

「ええ。旨い米はにぎりめしがいちばんだからという理由で、島根県産の板海苔を十枚。それって、かなり希少なものなんです。訊いたら、若いころに海藻《かいそう》を取り扱う仕事に就いたこともあったらしくて。その年に収穫した米でおにぎりを作って、その海苔を巻いてお返ししたんです。それからのおつきあいです」

あっけらかんと話す知子の晴れやかな表情に、やや子はしばらくのあいだうまい言葉が浮かばなかった。照れた表情のあと、目を伏せる。

「病院に入ったのは、本当に最後の最後でした。明日のこともわからないなぁと思ったら、ちょっとだけ心が弱くなってしまって。またひとりに戻るだけなんだけど、一緒に暮らした時間がとても楽しかったから。彼も、このまま死ぬからと笑って言うので、そうしてあげたかったんですけど」

三浦知子が手紙を投函《とうかん》してほどなく、父、田上高雄は息を引き取った。お互いの来し方を話さなくてもいい関係は、とても居心地が良かったと彼女は言った。やや子も、彼女のあれこれを訊ねなかった。

その夜やや子は彼女とふたり、白米と数種類の漬け物、地酒で、遅れた「通夜」を送った。もう父の魂はどこかへ行ってしまったろうし、あの世の存在も信じていないが、質素に見えてとても贅沢《ぜいたく》な食卓には、終始ふたりきりではないような気配が漂った。

家の掃除と維持を農作業にやってくる学生たちに任せていると笑う教授は、豪快に酒を飲み、酔うと稲の話が尽きなかった。

昭彦から三通メールがきていたが、返信をしないまま寝床に入った。その夜やや子は、ひとかけらの夢もみなかった。

翌日、旭川駅へ送ってもらった別れ際、知子が茶色い紙袋を差し出して言った。

「これ、田上さんが最後に収穫したお米です。今までいちばん優秀な子なんです。朝いちばんで精米してあるから、おいしいうちに炊いてあげてください。荷物になっちゃってごめんなさい」

いつでも遊びに来いと言う。遺骨引き取りのことも遺品の話もしなかった。借金こそあれ、父が遺したものなどなにもないだろう。骨だけ持って行ってくれということも、知子の性分からみてなさそうだ。だからこそ、ふたりが最後に収穫した米なのだ。やや子が心から礼を言ったのは、祖母の棺を窯に送ったとき以来だった。

帰宅して米の袋を開けると、日向《ひなた》のにおいがした。知子と父が丹精込めた「優秀な子」だ。アパートに戻りすぐに炊こうと思ったまでは良かったが、いざ台所に立つまで炊飯器がないことに気づかなかった。さて、どうしようか。やや子は携帯電話の検索画面で「炊飯　鍋なし」を探しだし「フライパンで炊飯」という項目を見つけた。フライパンならばある。シンク下の扉から、久しぶりに取り出した。手順に沿って米をとぎ、水を合わせた。火にかけるまでの三十分で、昭彦にメールの返信を打った。『返信が遅くなりごめんなさい。今、旭川から戻りました。向こうでいただいた米を炊こうと思ったのだけど、炊飯器を持っていなくてフライパン出しました』

さすがに三度もメールを無視したあとは、追っかけすぐの返事もこない。旭川へ行く前に、三浦知子に会ってくることは伝えてあった。メールの件名は「着きましたか」「無事ですか」「大丈夫ですか」の順に並んでいる。

検索画面のレシピどおりに火加減を調節していると、日向のにおいが祖母のにおいに変わった。米が蒸《む》れてゆくように、やや子の内側が柔らかく変化してゆく。小一時間かけてふっくらと炊きあがった飯におそるおそるへらを入れた。

茶碗を出して軽く盛る。口に入れた。フライパンで、米が炊けるのかという驚きのあと口になつかしい甘みが広がった。不思議なほど父に対する慈《いつく》しみも懐かしさも愛情もこみ上げてはこない。けれどたしかに今、彼が生きた日々を肯定していた。

自分も誰かから生まれ落ちた子なのだと、フライパンで炊いたご飯に教えられている。これを感傷と呼ぶのは抵抗があった。ひとくち、もうひとくち。やや子は台所に立ったまま茶碗一杯のご飯を食べ終えた。改めて、今年の収穫時期に再び知子に会いに行こうと思った。会いたい人がひとりできた。久しく感じたことのない心もちだ。

玄関のブザーが鳴った。覗いたレンズの向こうに昭彦がいた。ドアロックを外す。どうしたのかと問うと、パッと表情が明るくなった。

「よかった、元気そうで」

昭彦がやや子の肩幅ほどある四角い箱を差し出した。表示を見ると「極上かまど炊き」とある。

「炊飯器？　どうしたのこれ」受け取りながら訊ねた。

「俺も一緒に食べたいと思って」上着のポケットから、海苔の佃煮《つくだに》が入った瓶を取り出して見せた。やや子は「海苔」と言ったきり黙った。こんなところで父に会うとは思わなかった。

「炊きたてのご飯にこれのっけたら、俺、何杯でもいける」

昭彦を部屋に上げ、茶碗に盛ったご飯と箸を渡した。パソコンやティッシュの箱や、ハンドクリームが置かれたテーブルに、持ってきた佃煮を置いた。昭彦は旨い旨いと言いながら、フライパンに残っていたご飯をすべて平らげた。

やや子はロフト式になったベッドの階段に腰掛け、ぽつぽつと知子から聞いた父親の話をした。昭彦はうなずくだけで、言葉を挟まなかった。

「なんだかね、いいような気がするの。すべてが、良い方向に向いて、それぞれが自分で選択した場所で生きて死んだんだって、そう思えるの」

やや子が黙ると、部屋の空気が床に積もってゆく。かき混ぜるための、次の言葉を探す。ひとつところに長く留まっていられないのは、生まれた場所で死んだ祖母も、故郷に戻れなかった父も、そして自分も同じだった。どこにいようと、心が勝手に流れてゆくのだ。

「これから先、どうなるのか自分でもよくわからないんだけど」と前置きをしたあと、するりと言葉が滑り落ちた。

「あなたのこと、たぶん好き」

最初はぽかんと口を開けていた昭彦の目に、ふるふると涙が溢れた。光りながら頬を落ちてゆく。昭彦は何度も洟《はな》をかみ、我慢するふうもなく泣き続けた。洟をかんだティッシュを手の中で丸めた昭彦が、ひとつ大きく息を吸って、吐いた。

「旨かった。今度は一緒に食べよう」

「うん。ありがとう」

夜中に入ったメールは件名が「言い忘れた」だった。

『母が、また君に会いたいと言ってます。はっきりしていて好きなんだそうだ。すみません、迷惑だと思うけどよろしく頼みます』

翌日、今月の新刊の棚に入れる本が入ってきた。ワゴンに乗ってやってきた新刊本を一冊一冊チェックする。八冊あった。この中から、『みなとＦＭ』で紹介する四冊を選ぶのは自分の仕事だ。

やや子はいちばん上にあった一冊の小説を手に取った。

『星々たち』　河野保德。

少し前に話題になった道内在住の作家だ。遅咲きのデビュー作ではなかったか。『星々たち』、青いカバーに記された銀色のタイトルをつぶやきながら、満天の星空を思い浮かべた。やや子の胸の内側で、星はどれも等しく、それぞれの場所で光る。いくつかは流れ、そしていくつかは消える。消えた星にも、輝き続けた日々がある。

昨日より、呼吸が楽になっていた。

自分もまたちいさな星のひとつ――。

やや子には表紙カバーの青色が明るい夜空に見えた。頼りない気泡のような星たちを繋げてゆくと、女の像が浮かびあがる。誰も彼も、命ある星だった。夜空に瞬く、名もない星々たちだった——。

解説

松田哲夫
（編集者・書評家）

北海道を舞台に、過酷な運命に翻弄《ほんろう》される女と男の物語を書き続けている桜木紫乃さん。この『星々たち』では、道央に生まれ育った咲子、千春、やや子という母娘三代の女性が主役である。

若くして未婚の母となった咲子は、実母に娘の千春を預け、札幌ススキノで水商売に入り、旭川から釧路へと流れていく。千春はやがて結婚し出産するが、娘のやや子と夫を置いて出ていく。北の大地をさまよい歩く咲子と千春、彼女たちと関わった人びとの哀しみと苦しみと喜び……。

こうして、あらすじだけを読むと、暗くて重いだけの物語のように感じられるかもしれない。しかし、作品そのものを読むと、ある種の光を感じることができるはずだ。

それは、決して明るい光明が差し込んでくるようなものではない。限りなく暗い世界をじっと凝視していると、その底に、かすかに光を発するものが潜んでいることがわかってくる。そういう感じなのである。そして、闇を凝視するまなざしが、桜木さんの文章にも貫かれている。だから、ちょっとした言葉の使い方にも、細かく神経が行き届くのだ。身近な例をあげれば、食べ物の描写がそうだ。

咲子が、離れて暮らしている娘の千春に、レストランでふるまった「ナポリタン」。スナックのママさんが冷蔵庫に作り置きしてある「マリネ」。（ひとりワルツ）

久しぶりに旭川から道央の生家に帰ってくる大学三年生の息子圭一を迎える母親育子のつくるご馳走《ちそう》、「鶏の唐揚げ、太巻き、いなり寿司、春巻き、ポテトサラダ」。圭一との子どもを妊《はら》んだと思われる千春に育子が食べさせる「キャベツいっぱいのインスタントラーメン」そして一万円を入れた封筒と一緒に千春に手渡す「肉じゃがのタッパーウェア」。（渚のひと）

この他、出てくるのは、千切り大根としらすのサラダ、カレイの煮付け、大根おろし、大根の味噌汁、豚の生姜焼き、ちらし寿司、ザンギ（北海道の郷土料理）、にぎりめし、鮭のフライ、わかめの味噌汁、お粥、冷凍パスタ（ペペロンチーノ）などなど、ごくありふれた食べ物ばかりである。でも、それらの食べ物を登場人物たちの傍らに配するだけで、無言のうちに語りかけてくるものがある。

桜木さんの人物描写も卓抜である。この連作小説の第一話「ひとりワルツ」では、冒頭、キレのいい言葉をテンポ良く連発する、生きのいい語り口に魅了される。

釧路のスナックで働いている咲子が、「乙女のワルツ」(伊藤咲子)にあわせて、お客のヤマさんと踊っている。ヤマさんは、「色白で整った目鼻立ち」で、「すっきりとした切れ長の目」の「色っぽい」男で「社交ダンスが特技」、「ヤマさんの前髪が揺れるたび咲子は、そこから男の色気が滴になってこぼれ落ちる気がする」。だから、水商売の世界に入って久しい咲子なのに、ウブな少女のような恋心が芽生えている。「夢じゃないのか、そんなことは。自問しながらまだ夢をみている」。「性懲りもなく男の優しさを食べたくなっている」。なぜなら、「咲子にとって、新しい恋はいつだって初恋」だから。

やがてヤマさんの闇の部分が明らかになるのだが、そのことでこの男のもつ輝きが薄れることはない。

食べ物や人物の描写を見ればわかるように、言葉の一つ一つが、単なる描写や比喩《ひゆ》である以上の存在感を示していく。すると、登場人物たちにとってリアルな世界や感情がそこに出現してくるのだ。

この連作小説を読みながら、食べ物、音楽、笑い、涙、ぬくもりなど、いろんな言葉や表現を、それぞれの場面で味わっていった。そのなかで、とりわけ僕の琴線に触れたのが「光と闇」だった。それには、自然現象はじめ、物理的なもの、心理的なもの、内面的なもの、すべてが含まれている。読み進むにつれて、目の前にさまざまな闇と光が、次々に去来する。

「案山子」の語り手である、元編集者で、北海道の十勝に移住した河野保徳は、元妻への手紙にこう書いていた。

「北海道は、空ばかり大きなところでした。毎日空を見て過ごしています」

ところが、この小説の主人公たちは、真っ青な大空やさんさんと注ぐ陽光から目を背《そむ》けているようだ。雪や雨は降っているが、快晴の青空とか暖かい日の光などは、まったく出てこない。

「上空に薄い雲がかかっていた。灰色の混じった青空の下にいても、ヤマさんの男ぶりは変わらない」（ひとりワルツ）

「天気は今日の日に似合いの、花曇りだった。しばらく太陽を見ていない」（やや子）

晴れていても、青空が見えていても、そこには雲がかかっていたりする。

「三日後の午後三時。太陽はすっかり西に傾いていた」（渚のひと）

「電話ボックスの中から見る夕焼けが薄気味わるいほど赤かった」（ひとりワルツ）

すっかり太陽が傾くまで、注意を払わない。そして、真っ赤な夕陽を見ても、不吉な予感におびえるだけ。

「夏の太陽が建物の陰に隠れる。ひとつふたつ、気の早い街の明かりが灯り始めた」(ひとりワルツ)

太陽が隠れることで、やすらぎすら感じている。

「通勤に使う月見坂は勾配がきつく、下りの際はときおり美しい月が真正面に浮かび、思わず足を止めることがあった。その空が今夜は夜霧にかすんでいる」(月見坂)

「くすんだ夜空に光る星より、川面に映るライトのほうがずっときれいだ」(ひとりワルツ)

「国道を進むと町の明かりが少しずつ薄れていった。窓の外はぽつぽつと並ぶ街灯に照らしだされた雪明かりだけになった」(隠れ家)

月や星の光も、町の明かりも、彼女たちにはまぶしすぎるのかもしれない。

「晴彦はその夜、初めて彼女を抱いた。

千春の体は、夜景の底に忍び込むような暗さをたたえていた」(月見坂)

自然の光、人工の明かりなど、あらゆる光に背を向けて、自らのなかに抱え込んでいる闇の濃さを深めていく。そして、ある時、その暗い闇の底から輝き出すものがあることに気づくのだった。

「恐怖の色合いは、金属光沢のある玉虫の上翅に似ていた。少ない光をかき集めて、光る」（逃げてきました）

そういう光は、どんなに小さくても人びとを恐れさせる力を秘めている。

「女の額が一瞬光った。のち、光が指先へと移った。二つの視線が女の指先に集中する。

『硝子の破片なんです』と彼女が言った」（案山子）

それは、交通事故に遭った女性の顔から、手術で取れきれなかった硝子の破片がときどき飛び出してくるというものだった。

「やや子の胸の内側で、星はどれも等しく、それぞれの場所で光る。いくつかは流れ、そしていくつかは消える。消えた星にも輝き続けた日々がある」（やや子）

一人一人の命が光となって、星のように光っている。最後に作者は、この輝きを、文字通り「物語」に結実させてみせる。このエンディングの鮮やかさは、見事と言うしかない。

単行本　二〇一四年六月　実業之日本社刊

JASRAC 出1610742-601

実業之日本社文庫　最新刊

鳥羽 亮

くらまし奇剣　剣客旗本奮闘記

日本橋の呉服屋が大金を脅しとられた。非役の旗本・市之介は探索にあたるも…。大店への脅迫、斬殺される武士、二刀遣いの強敵。大人気シリーズ第十一弾！

と211

東川篤哉

探偵部への挑戦状　放課後はミステリーとともに

美少女ライバル・大金うるるが霧ケ峰涼の前に現れた——探偵部対ミステリ研究会、名探偵は『ミスコン』＝ミステリ・コンテストで大暴れ!?（解説・関根亨）

ひ42

水生大海

ランチ探偵

昼休み＋時間有給、タイムリミットは2時間。オフィス街の事件に大仏ホームのOLコンビが挑む。安楽椅子探偵のニューヒロイン誕生！（解説・人矢博子）

み91

田中啓文

漫才刑事《デカ》

大阪府警の刑事・高山一郎のもうひとつの顔は腰元興行の漫才師・くるくるのケンだった——事件はお笑いの現場で起きている!?　爆笑警察&芸人ミステリー！

た63

泡坂妻夫、折原 一ほか

THE密室

人嫌いの大富豪が堅牢なシェルターの中で殺された。絶対安全なはずの密室で何が!?（泡坂妻夫「球形の楽園」）。「密室」ミステリー7編。（解説・山前 譲）

ん51

実業之日本社文庫　好評既刊

桜木紫乃、花房観音 ほか
果てる　性愛小説アンソロジー
溺れたい。それだけなのに——人生の「果て」に直面し、夜の底で求め合う女と男。実力派女性作家が狂おしい愛と性のかたちを濃密に描いた7つの物語。
ん41

碧野 圭
情事の終わり
42歳のワーキングマザー編集者と7歳年下の営業マン。ふたりの〝情事〟を『書店ガール』の著者が鮮烈に描く。職場恋愛小説に傑作誕生！（解説・宮下奈都）
あ53

碧野 圭
辞めない理由
あきらめない、編集の仕事が好きだから……大ヒット『書店ガール』著者がすべての働く女性へ贈る、痛快お仕事エンターテインメント！（解説・大森望）
あ55

明野照葉
浸蝕
あの娘は天使か、それとも魔女か——謎多き女に堕ちてゆくエリート商社マンが見る悪夢とは？　サスペンスの名手が放つ、入魂の書き下ろし長編サスペンス！
あ24

朝比奈あすか
闘う女
望まぬ配属、予期せぬ妊娠、離婚……変転の人生を送ったロスジェネ世代キャリア女性の20年を描く。要注目の新鋭が放つ傑作長編！（解説・柳瀬博一）
あ71

五十嵐貴久
年下の男の子
37歳、独身OLのわたし。23歳、契約社員の彼。14歳差のふたりの恋はどうなるの？　ハートウォーミング・ラブストーリーの傑作！（解説・大浪由華子）
い31

五十嵐貴久
ウエディング・ベル
38歳のわたしと24歳の彼。年齢差14歳を乗り越えて結婚を決意したものの周囲は？　祝福の日はいつ？　結婚感度UPのストーリー。（解説・林 毅）
い32

実業之日本社文庫　好評既刊

実業之日本社文庫　好評既刊

宮下奈都
終わらない歌
声楽、ミュージカル。夢の遠さに惑う二十歳のふたりは、突然訪れたチャンスにどんな歌声を響かせるのか。青春群像劇『よろこびの歌』続編！（解説・成井豊）
み22

木宮条太郎
水族館ガール
かわいい！だけじゃ働けない――新米イルカ飼育員の成長と淡い恋模様をコミカルに描くお仕事青春小説。水族館の舞台裏がわかる！（解説・大矢博子）
も41

木宮条太郎
水族館ガール2
水族館の裏側は大変だ！　イルカ飼育員・由香の恋と仕事に奮闘する姿を描く感動のお仕事ノベル。イルカはもちろんアシカ、ペンギンたち人気者も登場！
も42

木宮条太郎
水族館ガール3
赤ん坊ラッコが危機一髪――恋人・梶の長期出張で再びすれ違いの日々のイルカ飼育員・由香にトラブル続発!?　テレビドラマ化で大人気お仕事ノベル！
も43

椰月美智子
かっこうの親　もずの子ども
迷いも哀しみも、きっと奇跡に変わる――仕事と育児に追われる母親の全力の日々を通し、命の尊さ、親子の絆と愛情を描く感動作。（解説・本上まなみ）
や31

唯川恵
男の見極め術　21章
21タイプの嫌いな男について書き放った鮮烈エッセイ集。人生を身軽にする、永遠の恋愛バイブル。（解説・大久保佳代子）
ゆ11

柚木麻子
王妃の帰還
クラスのトップから陥落した〝王妃〟を元の地位に戻すため、地味女子4人が大奮闘。女子中学生の波乱の日々を描いた青春群像劇。（解説・大矢博子）
ゆ21

実業之日本社文庫 さ51

星々《ほしぼし》たち

2016年10月15日　初版第1刷発行

著　者　桜木紫乃《さくらぎしの》

発行者　岩野裕一
発行所　株式会社実業之日本社
〒153-0044　東京都目黒区大橋1-5-1
クロスエアタワー8階
電話［編集］03(6809)0473［販売］03(6809)0495
ホームページ　http://www.j-n.co.jp/
印刷所　大日本印刷株式会社
製本所　大日本印刷株式会社

フォーマットデザイン　鈴木正道(Suzuki Design)

ISBN978-4-408-55313-9（第二文芸）